MEMOIRE

POUR Dame ANNE-ROSE CABIBEL, veuve du Sieur JEAN CALAS, Marchand à Toulouse; LOUIS & LOUIS-DONAT CALAS leurs fils; & ANNE-ROSE & ANNE CALAS leurs filles, Demandeurs en caſſation d'un Arrêt du Parlement de Toulouse du 9 Mars 1762.

MEMOIRE

POUR Dame ANNE-ROSE CABIBEL, veuve du Sieur JEAN CALAS, Marchand à Toulouse; LOUIS & LOUIS-DONAT CALAS leurs fils ; & ANNE-ROSE & ANNE Calas leurs filles, Demandeurs en cassation d'un Arrêt du Parlement de Toulouse du 9 Mars 1762.

JAMAIS spectacle plus effrayant ne fut exposé aux yeux des Magistrats & du Public. Un pere (pourroit-on l'entendre sans frémir!), une mere, un frere, un ami, une ancienne domestique, sont accusés d'avoir formé entr'eux le plus horrible complot pour assassiner un fils innocent. Si l'un est coupable, tous le sont ; ils ne se sont pas quittés un seul instant. Cependant le pere seul, condamné sur des indices trompeurs, expie dans les plus cruels tourmens cet incroyable parricide, dont il ne fut jamais convaincu, & qu'il a nié constamment jusqu'à la mort. La mere, l'ami, la domestique, sont élargis en vertu d'un simple *hors de Cour.* Le frere, condamné au bannissement perpétuel, est ensuite renfermé dans un Couvent.

A

Il n'eſt perſonne qui ne doivent trembler en écoutant le récit de cette affreuſe hiſtoire. Si un pere, homme irréprochable, eſt condamné ſur de ſimples indices, pour un crime qui répugne à la nature, & qui eſt ſans exemple, qui d'entre nous eſt en droit de ſe croire en ſûreté ſous la protection dès Loix? On a déja vu, à la honte de l'humanité, des citoyens condamnés ſur des indices, reconnus enſuite innocens, & dont la mémoire a été réhabilitée. Mais jamais on ne vit un pere condamné ſans preuves, comme aſſaſſin de ſon propre fils, & condamné ſeul au milieu de quatre accuſés qui étoient néceſſairement ſes complices, s'il étoit coupable.

La famille du ſieur Calas implore aujourd'hui la juſtice & l'autorité du Roi pour obtenir la réparation dont un ſi grand déſaſtre peut être ſuſcepble. Quelle réparation, grand Dieu! Rendra-t-on à cette famille infortunée un époux & un pere enlevé à ſa tendreſſe par le ſupplice le plus cruel & le plus honteux? Une telle perte eſt ſans reſſource : mais le devoir & l'honneur lui impoſent la néceſſité de juſtifier la mémoire de cette déplorable victime, l'objet éternel de ſes regrets & de ſes larmes. Pourroit-on lui refuſer une ſatisfaction ſi juſte? Déja le cri général de toute la France & de l'Europe entiere, les regrets des concitoyens du ſieur Calas, revenus & honteux de leurs premiers préjugés, atteſtent hautement ſon innocence, & préſagent la déciſion du Conſeil. Entrons en matiere. L'expoſé de ce funeſte Procès fera friſſonner les cœurs les moins ſenſibles ; & la juſtice de la Cauſe de cette famille malheureuſe, intéreſſera tout l'univers en ſa faveur.

FAIT.

Jean Calas, Marchand à Touloufe, étoit établi en cette Ville depuis environ quarante ans. Engagé dans la Religion Proteftante, qui étoit celle de fes peres, il a toujours vécu d'ailleurs en fidele fujet du Roi, & en citoyen attaché à fa Patrie.

Au mois d'Octobre 1731, Jean Calas époufa la demoifelle Anne-Rofe Cabibel, née de parens refugiés en Angleterre, alliée par fon ayeule maternelle à l'une des plus illuftres maifons de la Province du Languedoc.

De ce mariage font iffus fix enfans; Marc-Antoine Calas, dont la fin tragique a fait le malheur de fa famille; Jean-Pierre Calas; Louis Calas, qui a embraffé la Religion Catholique; Louis-Donat Calas, qui eft dans le Commerce, & deux filles.

Jean Calas avoit pour domeftique une vieille fille qui le fervoit depuis trente années, & qui avoit élevé tous fes enfans. Cette fille connue par fon attachement à la Religion Catholique & par fa piété exemplaire, approchoit du Sacrement de Pénitence une fois par femaine, & de la fainte Table deux fois. Elle avoit contribué à la converfion du troifieme fils des fieur & dame Calas, & elle n'en a jamais été moins bien traitée par fes maîtres.

Marc-Antoine Calas s'étoit d'abord deftiné au Barreau. Le 18 Mai 1759 il fut reçu Bachelier en Droit par bénéfice d'âge; il fe difpofa enfuite à prendre le grade de Licentié, & il étoit préparé pour foutenir les actes néceffaires : mais il lui fal-

* A ij

loit un certificat de catholicité. Il ne fit point de difficulté de le demander au sieur Boyer, Curé de Saint-Etienne de Toulouse. Ce vertueux Ecclésiastique, sachant qu'il étoit né de parens Protestans, exigea qu'il lui rapportât un certificat de son Confesseur qui fît foi de ses sentimens. Marc-Antoine Calas promit de le faire ; mais sa croyance y formant un obstacle invincible, il abandonna l'idée de se faire recevoir Avocat, & le sieur Curé de Saint-Etienne n'en a point entendu parler depuis.

Déchu de l'espérance d'acquérir la qualité de Licentié & d'Avocat, & déja parvenu à l'âge de vingt-huit ans, Marc-Antoine Calas tourna ses vues du côté du Commerce. Il avoit entr'autres, quelque tems avant sa mort, formé le projet de s'associer avec un Marchand d'Alais. Cette entreprise n'ayant pu réussir, il en conçut un violent chagrin. Il en fit confidence à deux de ses amis à Toulouse ; il leur avoua même qu'il étoit résolu de passer à Genève, de s'y faire recevoir Ministre, & de revenir prêcher aux Protestans de France. Me Chalier, Avocat, l'un de ceux à qui il tenoit ce discours, lui ayant représenté qu'il devoit bien se garder de prendre un parti si dangereux : *Hé bien*, répondit-il, *je pense à une autre chose que j'exécuterai.*

TELLES E'TOIENT les dispositions de Marc-Antoine Calas, lorsque le malheur du sieur *Gaubert Lavaysse*, le fit revenir à Toulouse, d'où il s'étoit absenté depuis environ un an. Comme ce jeune homme a été impliqué dans l'affreux Procès dont il s'agit, il est nécessaire de le faire connoître au public.

Le fieur Gaubert Lavayffe, jeune homme âgé d'environ vingt-un ans, eft fils de Me David Lavayffe, ancien Avocat au Parlement de Touloufe, non moins diftingué par fa probité & la nobleffe de fes fentimens, que par fon érudition & fa profonde capacité dans les affaires.

Le fieur Gaubert Lavayffe ayant fini fes études à l'âge de feize ans, defira d'entrer dans le Commerce. Il fut placé d'abord chez les fieurs Duclos freres, Négocians à Touloufe, qui jouiffoient alors de la plus grande confidération dans leur état. Les malheurs furvenus aux fieurs Duclos, l'ayant obligé de chercher une autre maifon de commerce, Me Lavayffe fon pere fe détermina à le mettre en penfion chez le fieur Fefquet, Négociant & Armateur à Bordeaux. Dans toutes ces différentes pofitions, le jeune Lavayffe s'eft montré le digne fils d'un pere fi refpectable. Un grand nombre de certificats atteftent fa bonne conduite, fa fageffe & la douceur de fes mœurs, qui lui ont concilié la bienveillance de tous ceux dont il a été connu.

Dans ces circonftances, Me Lavayffe pere ayant jugé à propos de rappeller fon fils à Touloufe, il lui écrivit de fe rendre auprès de lui auffi-tôt qu'il auroit fini le cours de pilotage qu'il avoit commencé.

CE FUT le 12 Octobre 1761, que le jeune Lavayffe arriva à Touloufe à cinq heures & demie du foir. Il fçavoit que fa famille étoit à Caraman, à quelques lieues de cette Ville. Cependant il alla defcendre à la maifon paternelle, où il laiffa fon porte manteau, après quoi il fe rendit chez le fieur Cazeing, pour lui remettre des lettres d'un de ſes fils, qu'il avoit connu à Bordeaux. Le ſieur Cazeing l'arrêta à ſouper & à coucher chez lui.

Il plut toute la nuit & toute la matinée du lendemain, ce qui empêcha le jeune Lavayſſe de partir à ſon lever, comme il l'avoit projetté, pour aller rejoindre ſon pere à la campagne.

La pluie ceſſa avant midi. Il chercha auſſi-tôt un cheval de louage. Il s'adreſſa à pluſieurs loueurs de chevaux, mais tous ſes ſoins furent inutiles : on étoit alors dans le tems des vendanges, tous les chevaux étoient pris.

Il étoit déja quatre heures du ſoir, ſans que le jeune Lavayſſe eût pu encore trouver un cheval. Malheureuſement pour lui, ſon chemin le conduiſit dans la grande rue de Toulouſe, où il vit dans la boutique du ſieur Calas des perſonnes de Caraman qui achetoient des indiennes. Il les joignit pour apprendre des nouvelles de ſa famille, & ſur ce qu'elles lui dirent qu'elles devoient partir le lendemain matin, ils convinrent de faire le voyage enſemble, s'il parvenoit à trouver un cheval.

Le Sr Lavayſſe invité à ſoupé chez le Sr Calas.

A cette occaſion, Marc-Antoine & Jean-Pierre Calas, qu'il avoit connus, & avec leſquels il avoit eu des liaiſons d'amitié avant ſon départ pour Bordeaux, lui propoſerent de ſouper chez eux, puiſqu'il ne partoit pas le même jour. Le ſieur Calas pere y joignit ſes inſtances ; & pour décider plus facilement le jeune Lavayſſe, Jean-Pierre Calas lui offrit de l'accompagner chez tous les loueurs de chevaux, & de lui en faire trouver un, s'il y en avoit dans la Ville. Le ſieur Lavayſſe accepta l'offre : ils ſortirent peu de tems après, & ils coururent chez tous les loueurs de chevaux, mais inutilement.

Vers les sept heures du foir, ils rentrerent enfemble dans la maifon du fieur Calas. On monta dans la chambre de la dame Calas, où elle étoit avec fon mari & fon fils aîné, & bientôt après on fe mit à table *.

Marc-Antoine Calas quitta la table à la fin du foupé. On crut que, fuivant fon ufage, il alloit jouer au jeu de Billard, pour lequel il avoit une grande paffion. Il paffa un inftant à la cuifine. *Avez-vous froid, Monfieur l'aîné*, lui dit la fervante. *Non*, dit-il, *au contraire, je brûle*. Il fort brufquement après cette réponfe, dont la fervante n'avoit garde de prévoir aucune conféquence.

Le fieur Lavayffe étoit refté avec les fieur & Dame Calas & Jean-Pierre Calas leur fecond fils. A dix heures moins un quart, il voulut fe retirer, craignant de déranger le fieur Cazeing, qui lui donnoit à coucher. Il defcend accompagné de Jean-Pierre Calas, qui portoit la lumiere. Arrivés dans le couroir, ils voyent la porte de la boutique ouverte, ils entrent. Ciel! quel objet fe préfente à leurs yeux! Ils apperçoivent Marc-Antoine Calas pendu en chemife entre les deux battans de la porte par laquelle on entre de la boutique au magafin.

Saifis d'horreur & d'épouvante, ils fe précipitent dans le couroir, ils volent dans l'efcalier, appellant le pere à grands cris. La mere fe préfente, le fieur Lavayffe l'arrête, & la force de rentrer dans fa chambre. Il court auffi-tôt chez le fieur *Camoire*, Chirurgien, dans l'idée qu'on pourroit donner encore quelque fecours au malheureux Marc-Antoine Calas. Le fieur Camoire étoit abfent. Le fieur Lavayffe demande le fieur *Gorce*

A iiij

* Le fieur Calas avoit ce même foir invité à fouper un Négociant de Montpellier, Catholique Romain, qui s'en excufa fur les affaires preffantes qu'il avoit.

Marc-Antoine Calas pendu entre les deux battans de la porte.

son garçon. On le lui indique dans une maison voisine, il s'y rend aussi-tôt; mais le sieur Gorce averti par Jean-Pierre Calas, étoit déja dans la maison.

Dans cet intervalle, Jean Calas pere & son autre fils avoient dépendu le corps de Marc-Antoine Calas, & lui avoient ôté le fatal instrument de sa mort. La mere n'étant plus arrêtée, n'avoit pas tardé à descendre. Qui peut concevoir le désespoir d'une mere à cet horrible spectacle? Elle pousse des cris affreux, elle fond en larmes; mais bientôt sa tendresse lui inspirant d'autres soins, elle veut encore douter de son malheur. Elle prend son fils sur ses genoux, elle essaye de le rappeller à la vie, en lui faisant avaler des eaux spiritueuses. Soins inutiles! Marc-Antoine Calas n'étoit plus qu'un cadavre inanimé; quand cette mere désolée lui ouvroit la bouche, la machoire inférieure se rapprochoit d'elle-même & comme par un ressort. Le sieur Gorce, après avoir examiné soigneusement le corps, le trouva assez froid pour juger qu'il étoit mort depuis deux heures au moins. Il étoit alors dix heures. Par conséquent, Marc-Antoine Calas étoit mort vers les huit heures, presqu'aussi-tôt après avoir quitté le soupé.

APRÈS les premiers mouvemens de la nature, surviennent les réflexions les plus effrayantes. Qui a donné la mort à ce malheureux fils? S'est-il pendu lui-même? A-t-il été pendu par des voleurs, ou par des ennemis cachés dans la maison? La porte qui donne sur la rue paroissoit fermée, on n'avoit entendu aucun bruit dans la boutique; l'impression de la corde, la disposition des lieux, l'habit de cet infortuné, plié à côté de lui, aucune marque de violence sur son corps, nulle trace de sang sur sa chemise, ses cheveux rangés à l'ordinaire ; tout prouve à cette triste famille, ce qu'elle auroit voulu se cacher, que Marc-Antoine Calas a attenté sur ses jours. Quel parti prendre ? Le pere accablé de douleur, croit ne pouvoir mieux faire que d'ensevelir, s'il est possible, cet horrible mystere dans un éternel oubli. Le sieur Lavaysse se charge d'aller, avec le sieur Clausade, chez un Assesseur de l'Hôtel-de-ville, le requérir de se transporter sur les lieux pour constater la mort de Marc-Antoine Calas, à l'effet d'obtenir le lendemain la permission de le faire enterrer ; précaution nécessaire, attendu que le défunt étoit né de parens Protestans, & Protestant lui-même.

Le sieur Lavaysse & le sieur Clausade courent avec toute la diligence possible chez le sieur Monier, l'un des Assesseurs. Ils reviennent avec lui ; mais déja la maison du sieur Calas étoit gardée par une nombreuse escorte de soldats du guet. Le sieur David, Capitoul, averti de la mort de Marc-Antoine Calas, avoit jugé à propos d'y faire une descente avec le plus grand appareil, & il avoit été joint peu de tems après par le sieur de Brive, l'un de ses Collègues. La porte fut ouverte au sieur Monier, Assesseur, mais elle fut refusée au sieur Lavaysse & au sieur Clausade : ce ne fut que sur leurs instances les plus vives, que l'entrée leur fut permise.

Le sieur David arrivé dans la maison du sieur Calas, mande un Médecin & deux Chirurgiens. Ces derniers examinent le cadavre, mais ils n'en constatent point l'état ; le Capitoul néglige lui-même de dresser un Procès-verbal.

Une nombreuse populace s'étoit assemblée devant la maison du sieur Calas. Dans le moment que les Capitouls étoient près de se retirer, il part de la foule une voix qui crie que Jean Calas a tué son fils, en haine de la Religion Catholique qu'il devoit embrasser le lendemain. Quels effets ne peut point produire la différence de religion dans des têtes échauffées & souvent superstitieuses ? ce cri d'un inconnu, & vraisemblablement d'un ennemi ; ce cri téméraire passe aussitôt de bouche en bouche, & parvient jusqu'aux Capitouls. Le sieur David le saisit avec avidité. Déja il se place au rang des plus célebres vengeurs de la Religion. En vain son Collegue oppose à ses soupçons les qualités de pere, de mere, de frere, & mille autres circonstances qui détruisoient une si folle accusation. *Je prends tout sur mon compte*, répond le sieur David, & sur-le-champ, sans autre précaution, il monte avec son escorte dans la chambre où étoient les sieur & dame Calas, avec leurs fils, le sieur Lavaysse & la servante. Il les fait tous conduire à l'Hôtel-de-ville, où il fait en même tems transporter le cadavre.

Trop pénétrés de leur douleur pour penser à l'ignominie qui résultoit d'une démarche aussi inconsidérée, les sieur & dame Calas, les yeux baignés de larmes, suivoient le corps de Marc-Antoine Calas ; & malgré l'atroce accusation hasardée contre eux, les assistans témoignoient ouvertement leur compassion pour un pere presque suptuagénaire, & une mere désolée, qui tout en marchant n'exprimoient que leur douleur fur la mort de leur fils.

Ces malheureux prifonniers ignoroient encore toute leur infortune. Ils croyoient qu'on ne les menoit à l'Hôtel-de-ville que pour établir le fuicide par leurs témoignages. Pouvoient-ils imaginer l'accufation qu'on leur réfervoit ? Interrogés d'office, ils dirent tous, fuivant qu'ils en étoient convenus, qu'ils avoient trouvé le corps de Marc-Antoine Calas étendu par terre dans le magafin. Ils crurent cette diffimulation pardonnable pour fauver la mémoire du défunt & l'honneur de la famille. Quel étoit leur erreur ! On n'en vouloit pas à la mémoire de Marc-Antoine Calas ; déja le plan de l'accufation étoit formé contre eux. L'enthoufiafme & le faux zele lui avoient donné l'être; la prévention ne chercha que les moyens d'y donner quelque apparence de réalité.

Quels moyens n'employa-t-on pas pour accréditer cette affreufe calomnie ! Dès le lendemain matin, on répand dans toute la Ville le bruit que quatre Hérétiques ont affaffiné leur fils, leur frere, leur ami, en haine de la Religion. Bientôt cette incroyable nouvelle eft étayée de vingt autres ; toutes les têtes s'échauffent, &, comme c'eft l'ordinaire, chacun fe repréfente les caufes & jufqu'aux circonftances du prétendu crime, fans fe donner la peine d'examiner fi le crime lui-même eft prouvé, s'il eft vraifemblable.

Il eft humiliant pour l'humanité de donner fi légérement créance aux crimes les plus atroces, tandis qu'elle fe prête fi difficilement à croire le bien. Dans un inftant toute la Ville de Toulou-

fe prend feu. On affure que Marc-Antoine Calas devoit abjurer la Religion de Calvin le lendemain du jour qu'il a été affaffiné. On foutient
qu'il avoit projetté d'entrer au Noviciat des Tri-
nitaires. On l'avoit vu la veille fouffletté par fa
mere au pied du Saint Sacrement dans l'Eglife des
Jéfuites. L'un nommoit fon Cathécifte, l'autre
fon Confeffeur. Celui-ci difoit que l'ufage des
Proteftans étoit d'égorger ceux qui abandon-
noient leur Religion. Celui-là avoit lû dans leur
confeffion de foi, qu'en ce cas, les peres étoient
obligés d'être les meurtriers de leurs propres enfans. Ces difcours, & une infinité d'autres non
moins faux, ni moins abfurdes, fe débitent de
bouche en bouche, & à force d'être répétés, ils
paffent pour des faits conftans. Il n'eft pas jufqu'aux gens fenfés qui n'adoptent ces menfonges ; car l'expérience n'apprend que trop qu'en
matiere de Religion rien n'eft fi contagieux que
le faux zele.

Un inconnu accufe Jean Calas d'avoir affaffiné
fon fils. Un fait auffi grave, auffi incroyable,
méritoit bien d'être approfondi. Cependant le
fieur David le croit fans héfiter ; il commence
par faire enlever cinq perfonnes que leurs qualités
devoient mettre à l'abri de tout foupçon, & il
néglige de conftater le corps du délit, fans lequel
il eft impoffible qu'il y ait des coupables. S'il ne
trouvoit pas en lui-même la réfutation d'une fi
noire calomnie, au moins devoit-il la chercher
dans les circonftances des lieux, du tems, des
perfonnes. Il devoit, fuivant l'Ordonnance de
1670, *dreffer fur-le-champ, & fans déplacer*, procès-
verbal de l'état du cadavre, du lieu où le préten-

du délit avoit été commis, & *de tout ce qui pouvoit servir pour la décharge ou conviction.* Par-là il auroit connu facilement si Marc-Antoine Calas s'étoit défait lui-même, ou s'il avoit été assassiné par d'autres. Il auroit visité tous les endroits de la maison, pour constater s'il n'y avoit point quelqu'un caché, ou s'il ne subsistoit point quelque indice que des voleurs ou des ennemis se fussent évadés après avoir commis un si grand crime. Mais sur-tout il auroit vérifié l'état du cadavre, pour connoître s'il y restoit quelque meurtrissure, qui pût faire croire que Marc-Antoine Calas eût péri par la force; car un jeune homme de vingt-huit ans ne se laisse pas suspendre & étrangler sans résistance, & sans qu'il reste sur son corps quelques marques de combat.

Au lieu de s'attacher à des recherches aussi essentielles, on n'eut d'autre soin que de donner une consistance telle quelle à l'accusation. Le sieur David dresse à la hâte, dans l'Hôtel-de-ville, le le procès-verbal de sa descente dans la maison du sieur Calas. Le Médecin & les deux Chirurgiens rédigent dans leurs maisons le rapport de la visite qu'ils avoient faite du cadavre. Les Prisonniers sont écroués, & ensuite decretés de prise de corps, sans exception.

Quoique tout soit incroyable dans cette malheureuse affaire, & que par conséquent on ne doive point être surpris des plus grandes irrégularités, on demandera sans doute pourquoi on a enveloppé dans le decret de prise de corps la servante & le sieur Lavaysse: car jusques là on n'avoit élevé contre eux aucun soupçon. Eh! comment auroit-on pû imputer à la servante des

Decret de prise-de-corps prononcé contre les Accusés.

fieur & dame Calas, zelée Catholique, qui avoit contribué à la converfion de Louis Calas, leur troifieme fils, d'avoir confpiré avec eux pour faire périr leur fils aîné, en haine de ce qu'il devoit, difoit-on, embraffer cette même Religion Catholique? Comment encore auroit-on pû foupçonner d'un fi noir complot le fieur Lavayffe, jeune homme rempli de douceur, bien élevé, & généralement eftimé, qui depuis vingt-quatre heures feulement étoit arrivé de Bordeaux à Touloufe, qui ne s'étoit arrêté en cette Ville que parce qu'il n'avoit pû trouver de cheval pour aller rejoindre fes parens à la campagne, qui ne s'étoit trouvé chez les fieur & dame Calas, que parce que paffant fortuitement devant leur boutique, ils l'avoient retenu à fouper; qui, après la trifte fin de Marc-Antoine Calas, s'étoit empreffé d'aller avertir l'Affeffeur de l'Hôtel-de-ville; qui, malgré la garde difpofée au devant de la maifon du fieur Calas, par le fieur David, Capitoul, étoit rentré à force d'inftances & de prieres dans cette funefte maifon; enfin, qui, lorfqu'on l'avoit conduit à l'Hôtel-de-ville, n'avoit pas eu la moindre idée de s'enfuir, quoiqu'il eût toutes les facilités poffibles pour le faire, s'il s'étoit fenti coupable?

Ces raifons étoient fortes fans doute; elles étoient concluantes & décifives: mais la prévention, plus forte encore, empêcha de les fentir; & en faifant comprendre ces deux perfonnes dans le procès, elle priva les Accufés de leur témoignage.

Il est aisé de fentir quel fut l'étonnement de

ces cinq Prisonniers, quand le decret de prise de corps, qui leur fut signifié, leur apprit qu'ils étoient eux mêmes accusés d'avoir tué un fils, un frere, un ami qu'ils pleuroient encore avec tant d'amertume. Alors il fallut oublier le soin de la mémoire du défunt, pour ne penser qu'à leur propre conservation. Ils avoient jusques-là caché le genre de sa mort ; mais dans l'interrogatoire juridique qu'ils subirent *après l'écroue*, ils l'avouerent unanimement, & ils en fixerent l'heure. Ils déclarerent aussi que Marc-Antoine Calas avoit soupé avec eux, & ils spécifierent même les mets qu'il avoit mangé, sçavoir un quartier de pigeon & deux grappes de raisin. Interrogatoire des Accusés.

On prétendit trouver des contrariétés dans les réponses faites par les Accusés sur le fait du soupé. Il fut donc résolu de faire ouvrir le cadavre, pour constater les alimens qui pourroient se trouver dans l'estomac du défunt. Mais à qui s'adressa-t-on pour cette vérification ? Un seul Chirurgien en fut chargé sans l'assistance d'aucun Médecin. Le rapport de ce Chirurgien, quoique défectueux en plusieurs points essentiels, ainsi qu'on le fera voir dans la suite, prouve néanmoins la vérité des déclarations des Accusés, puisqu'on trouva dans l'estomac du défunt des morceaux de viande dont la digestion n'étoit pas même commencée, une peau que le Chirurgien crut être de volaille, & une quantité d'enveloppes de raisins.

D'un autre côté, le sieur David ne pouvoit s'empêcher de reconnoître l'irrégularité de son procès-verbal de descente, sur-tout en ce qu'il avoit manqué de faire la visite des lieux. Pour réparer cette omission réellement irréparable, les Capitouls ordonnerent une nouvelle descente qui fut faite le 15 Octobre. On trouva la corde & le billot (*a*). Mais le procès-verbal de cette seconde descente fut dressé avec ce mépris des regles que les premiers Juges ont toujours porté dans tous les actes de cette procédure. On se bornera quand à présent à observer qu'au lieu de constater les livres & papiers de Marc-Antoine Calas, ce qui auroit démontré clairement qu'il ne pensoit point à se convertir, les Capitouls remirent ces livres & papiers aux demoiselles Calas, sans en dresser aucun inventaire.

LES MENSONGES répandus dans le public, & fortifiés tous les jours par d'autres mensonges, sembloient promettre aux esprits crédules que l'information seroit des plus concluantes. Elle ne fournit pas même un indice. Il falloit donc chercher d'autres preuves. On se flatta de les trouver dans la publication d'un Monitoire, & le Monitoire fut dressé.

Cette piece est remarquable. L'accusation contre le sieur Calas, sa famille & le sieur Lavaysse, s'y montre à découvert. Voici ce que porte ce Monitoire, accordé, non par l'Official, mais par le Vicaire-Général du Diocèse de Toulouse. Il contient le fondement de l'accusation hasardée contre le sieur Calas, & tous les faits sur lesquels on prétendoit l'appuyer.

Monitoire. « 1°. Contre tous ceux qui sçauront, par oui-
» dire, ou autrement, que le sieur Marc-Antoine
» Calas, aîné, avoit renoncé à la Religion pré-
» tendue Réformée, dans laquelle il avoit reçu

_____

(*a*) On appelle billot un long bâton cylindrique dont on se sert pour comprimer & emballer les machandises.

l'éducation

» l'éducation ; qu'il affiftoit aux cérémonies de
» l'Eglife Catholique, Apoftolique & Romaine ;
» qu'il fe préfentoit aux Sacremens de Pénitence,
» & qu'il devoit faire abjuration publique après
» le 13 du préfent mois d'Octobre (a) ; & contre
» tous ceux auxquels Marc-Antoine Calas avoit
» avoit découvert fa réfolution.

» 2°. Contre tous ceux qui fçauront, par oui-
» dire, ou autrement, qu'à caufe de ce change-
» ment de croyance, le fieur Marc-Antoine Ca-
» las étoit menacé, maltraité & regardé de mau-
» vais œil *dans fa maifon* ; que la perfonne qui le
» menaçoit lui a dit que s'il faifoit abjuration, il
» n'auroit d'autre bourreau que lui.

» 3°. Contre ceux qui fçavent, par oui-dire,
» ou autrement, *qu'une femme* qui paffe pour at-
» tachée à l'héréfie, incitoit fon mari à de pareil-
» les menaces, & menaçoit elle-même Marc-An-
» toine Calas.

» 4°. Contre tous ceux qui fçavent, par oui-
» dire, ou autrement, que le 13 du mois courant,
» au matin, *il fe tint une délibération dans une mai-*
» *fon de la Paroiffe de la Daurade* (b), où la mort
» de Marc-Antoine Calas fut réfolue, ou confeil-
» lée ; & qui auront, le même matin, vû entrer,
» ou fortir de ladite maifon un certain nombre
» de perfonnes.

» 5°. Contre tous ceux qui fçavent, par oui-
» dire, ou autrement, que le même jour, 13 du
» mois d'Octobre, depuis l'entrée de la nuit juf-

(a) C'est cette converfion fuppofée qui a fait toute la bafe de
l'accufation.
On verra dans la fuite que c'eft une fuppofition chimérique.
(b) Ce fait articulé d'une maniere fi pofitive, n'a pas été appuyé
de la moindre preuve ni du moindre indice. Qui a donc pû inventer cette affreufe calomnie ?

B

» ques vers les dix heures, cette exécrable déli-
» bération fut exécutée, *en faisant mettre Marc-*
» *Antoine Calas à genoux* (a), qui par surprise, ou
» de force, fut étranglé ou pendu avec une cor-
» de à deux nœuds coulans, ou baguelles, l'un
» pour étrangler, & l'autre pour être arrêté au
» billot servant à serrer les balles, au moyen
» desquels Marc-Antoine Calas fut étranglé &
» mis à mort, par suspension ou par torsion.

» 6°. Contre tous ceux qui ont entendue une
» voix criant : *A l'assassin,* & de suite : *Ha! mon*
» *Dieu, que vous ai-je fait? Faites-moi grace.* La
» même voix étant devenue plaignante & disant :
» *Ha! mon Dieu, ha! mon Dieu.*

» 7°. Contre tous ceux auxquels Marc-Antoi-
» ne Calas auroit communiqué les inquiétudes
» qu'il essuyoit *dans sa maison* (b), ce qui le ren-
» doit triste & mélancolique.

» 8°. Contre tous ceux qui sçavent qu'il arriva
» de Bordeaux, la veille du 13, un jeune homme
» de cette Ville, *qui n'ayant pas trouvé des chevaux*
« *pour aller joindre ses parens qui étoient à leur campa-*
» *gne, ayant été arrêté à souper dans une maison,* fut
» présent, consentant, ou participant à l'action.

» 9°. Contre tous ceux qui sçavent, par oui-
» dire, ou autrement, qui sont les auteurs, com-
» plices, fauteurs, adhérans *de ce crime, qui est des*
» *plus détestables* (c).

(a) Jamais le fanatisme inventa-t-il rien de plus méchant & en même-tems de plus absurde? Le dénonciateur d'un pareil fait, qui n'a point été prouvé ni pu être prouvé, ne mériteroit-il pas la plus sévere punition?

(b) Il est bien clair que cette expression, répétée deux fois, accuse directement les pere & mere de Marc-Antoine Calas.

(c) Cette réflexion de la part de ceux qui ont rédigé le Monitoire, prouve bien leur prévention, puisqu'ils regardent comme cons-

» Enfin contre tous ſçachans & non révélans,
» &c. »

Il n'est personne qui, à la lecture de ce
Monitoire, ne ſoit indigné de voir qu'on y ſuppoſe par-tout comme conſtant, un crime qui n'é-
toit étayé par aucune preuve, & dont la fauſſeté
étoit démontrée par toutes les circonſtances de
l'affaire ; qu'on dirige ouvertement tous les chefs
du Monitoire contre les parens de Marc-Antoine
Calas, qui ſont déſignés à ne pouvoir s'y méprendre ; enfin qu'il n'y ait pas un ſeul article, parmi
tant d'autres dont l'abſurdité eſt frappante, qui
tende à éclaircir le fait du ſuicide, ou à ſçavoir
ſi des étrangers, des ennemis, ou des voleurs cachés dans la maiſon, n'auroient pas été les auteurs
de la mort de Marc-Antoine Calas.

Mais pour juger de l'imprudence & de la précipitation qui ont préſidé à tout cet affreux Procès, il ne faut que faire attention à ce qui a été
ordonné au ſujet de la ſépulture de Marc-Antoine Calas.

On vient de voir que toute l'accuſation rouloit
ſur le fait ſuppoſé qu'il s'étoit converti, qu'il devoit faire abjuration le lendemain, & que c'étoit
en haine de ce changement, que ſon pere, ſa
mere, ſon frere, ſon ami & ſa ſervante l'avoient
étranglé *par ſuſpenſion ou par torſion*. Rien ne
prouvoit encore cette prétendue converſion, &
l'on verra dans la ſuite que c'eſt une vraie chimere. Toutes les apparences d'ailleurs indiquoient
qu'il s'étoit défait lui-même. Par conſéquent on
ne pouvoit régulierement l'enterrer que quand il

tant & avéré un crime dont il n'y avoit pas la moindre preuve, ſur-
tout lorſque le Monitoire a été rédigé.

auroit été conftaté qu'il n'avoit pas attenté à fes jours, ni lui accorder la fépulture eccléfiaftique, fans avoir établi avant toutes chofes, qu'il faifoit profeffion de la Religion Catholique.

Cependant, pourroit-on le croire ? le fieur David, de concert avec un autre Capitoul & un Affeffeur, prend fur lui de décider d'avance cette principale queftion du Procès. Ces trois Officiers rendent une Ordonnance, fur le requifitoire du Procureur du Roi, portant que le cadavre fera inhumé par provifion en terre fainte, dans la Paroiffe de l'Eglife Cathédrale de S. Etienne. En ordonnant cet enterrement, c'étoit enterrer la preuve du fuicide qui pouvoit être conftaté par la repréfentation du cadavre, & qui pouvoit d'ailleurs, en cas de befoin, être confronté tant aux témoins qu'aux accufés. N'importe, on n'eut rien de plus preffé que de fe défaire de ce cadavre, quoiqu'on eût eu la précaution de le remplir de chaux-vive pour en prévenir la corruption.

La Chambre des Vacations tenoit alors, & dans la regle il falloit demander à cette Chambre la confirmation d'une Ordonnance qui tiroit à de fi grandes conféquences. Mais on fe contenta d'en parler à quelques-uns des Magiftrats du Parlement : leur approbation verbale tint lieu de confirmation.

Ce n'étoit pas encore affez. Le fieur Boyer, Curé de Saint Etienne, homme refpectable & inftruit des regles, refufoit de fe prêter à l'exécution d'une Ordonnance fi hafardée, pour ne rien dire de plus. Le Procureur du Roi en l'Hôtel-de-ville, leva cet obftacle. Il ne craignit point d'affurer au fieur Curé de Saint Etienne, que la procédure établiroit clairement la Catholicité du

Ordonnance portant que le corps de Marc-Antoine Calas fera inhumé en terre fainte.

défunt, & qu'il ne s'étoit pas lui-même donné la mort.

TOUT ÉTANT ainsi disposé, on fixa le jour de la cérémonie au Dimanche suivant, & l'on affecta d'y mettre une pompe extraordinaire.

Ce jour-là, à trois heures après midi, le convoi funebre partit de l'Hôtel-de-ville avec l'appareil le plus capable d'en imposer à la multitude. Cinquante Prêtres y assistoient ; les *Pénitens blancs* (a) suivoient le cortége avec tous les attributs de leur Confrairie, quoiqu'il soit de regle chez eux de n'assister qu'aux enterremens de leurs Confreres. Plus de vingt mille habitans, attirés par la nouveauté du spectacle, & se croyant autorisés par leurs Magistrats à regarder Marc-An-

Pompe funebre de Marc-Antoine Galas.

(a) C'est une espece de Confrairie fort accréditée dans le Languedoc & dans les autres Provinces méridionales. Il y en a de gris, de blancs, de noirs, de bleus, de rouges, & de toutes sortes de couleurs. On en compte jusqu'à neuf especes dans certaines Villes. Les exercices de ces Pénitens consistent à s'assembler dans des Chapelles particulieres, pour y faire les prieres & les cérémonies prescrites par leurs Réglemens. Mais sur-tout les processions sont fréquentes chez eux. Ils y marchent gravement, revêtus de sacs qui les couvrent depuis la tête jusqu'aux pieds. Ils ne reçoivent le jour que par deux ouvertures pratiquées au-devant de leurs yeux.

Le célebre Docteur Van-espen, aussi récommandable par sa piété que par son érudition, parlant de ces sortes de Confrairies dans son Traité du Droit Ecclésiastique, seconde Partie, Tit. 37, Chap. 6, N°. 25, avertit les Fideles que ces Confrairies, dont l'institution peut être louable en elle-même, peuvent devenir non-seulement inutiles, mais même pernicieuses aux peuples, & donnent occasion aux Hérétiques de calomnier l'Eglise, comme si elle croyoit que le salut des peuples & la solide piété dépendissent de certaines marques extérieures, & de menues pratiques de dévotion. . . . . . *Hæc aliaque in Confraternitatum libris occurrentia, atque ad extollendam earum utilitatem & prærogativas, dùm ad proprium quæstum à Præfectis & Directoribus Confraternitatum multoties asseruntur & populo inculcantur, faciunt ut Confraternitates de se & de suo instituto laudabiles, sæpius populo sint, non tantum inutiles, sed non raro noxiæ, occasionemque præbeant Hæreticis Ecclesiam calumniandi, quasi salutem populi, solidamque omnem pietatem, in externis quibusdam signis, & pietatis levissimis exercitiis positam crederet.*

toine Calas comme un martyr de la Religion, accompagnoient la cérémonie. Les uns prioient pour le mort, d'autres, le canonisant de leur propre autorité, l'invoquoient déja comme un Saint : on assure que plusieurs jettoient des mouchoirs sur la bierre pour les conserver comme des reliques. Mais en même tems, comme la dévotion du peuple n'est que trop souvent cruelle & téméraire, tous jugeoient d'avance les parens du defunt, tous crioient qu'ils feroient volontiers leurs bourreaux.

Mais rien ne peut être comparé au spectacle que les Pénitens blancs donnerent quelques jours après au public déja trop échauffé. On l'a déja dit : Marc-Antoine Calas n'étoit point de leur Confrairie, puisqu'on verra dans la suite qu'il est mort Protestant. Cependant ces Pénitens, par une indiscrétion que rien ne peut excuser, affectent de faire faire dans leur Chapelle un service solemnel pour l'ame du défunt, auquel tous les Religieux de la Ville assisterent par députés. L'Eglise étoit tendue de blanc, symbole de l'innocence. Au milieu s'élevoit un magnifique catafalque, surmonté par un squelette humain, tenant d'une main un papier, & de l'autre une plume, selon les uns, pour marquer qu'il étoit prêt à signer son abjuration ; & suivant d'autres, une palme, pour marquer qu'il étoit martyr de la Religion Catholique. Il fut fait le lendemain un pareil service pour Marc-Antoine Calas dans l'Eglise des Cordeliers de la grande Observance.

Ceux qui avoient pris à tâche d'échauffer les esprits contre les Accusés, ne pouvoient choisir une circonstance qui leur fût plus favorable. On étoit près de célébrer une fête annuelle, établie

pour folemnifer un fameux maffacre de Hugue-
nots, exécuté en 1562 dans la Ville de Touloufe. L'année 1762 étoit fur-tout remarquable,
parce que c'étoit l'année féculaire dans laquelle
on devoit célébrer la fête avec un redoublement
de folemnité. Les approches de cette fête ayant
rallumé chez le peuple fa haine contre les Hérétiques, la plûpart demandoient qu'on réfervât
les Prifonniers pour ce grand jour, pour les offrir
à Dieu en holocaufte. Ils allumoient déja dans
leur imagination le bucher fur lequel ces Hérétiques devoient être brûlés.

VOILA DONC Jean Calas, fa femme, fon fils,
fa fervante & le jeune Lavayffe, jugés & condamnés d'avance par le public de Touloufe, comme coupables du plus noir affaffinat dont aucune
hiftoire ait jamais fait mention. Quel fort pouvoient efpérer ces infortunés après un éclat auffi
fcandaleux, autorifé en quelque maniere par l'Ordonnance des Capitouls ? Des Magiftrats qui s'é-
toient auffi ouvertement déclarés, pouvoient-ils,
fans fe compromettre, fe porter à abfoudre les
Accufés, & à démentir ainfi tous les honneurs
qu'ils avoient rendus à la mémoire du défunt ?

APRÈS la publication du Monitoire, une quantité de témoins vinrent à révélation. La plûpart
n'avoient que des oui-dire & de vaines imagina-
tions à révéler ; & en effet, les dépofitions des
témoins confrontés aux Accufés, ne contiennent
pas la moindre preuve. Mais, d'un autre côté,
plufieurs perfonnes déclarerent avoir des faits
importans à faire connoître à la Juftice. On ne
jugea pas à propos de les entendre. On négligea

de même de faire affigner ceux qui devoient être les plus inftruits des principaux faits du Procès, notamment de la prétendue converfion de Marc-Antoine Calas. Tel étoit le fieur Curé de Saint Etienne, dont on a été obligé de prendre la déclaration au bas d'un Acte qui lui a été fignifié. Tels étoient encore M. de la Motte, Confeiller au Parlement, & le Secrétaire de l'Univerfité. Me Chalier, Avocat, en dépofant dans l'information du projet que Marc-Antoine Calas lui avoit communiqué quinze jours avant fa mort, de paffer à Genève pour fe faire Miniftre, avoit indiqué une perfonne qui étoit préfente à la converfation. Mais cette perfonne étoit un Proteftant : il n'en fallut pas davantage pour exclure fon témoignage, & l'on refufa aux Accufés & à leurs parens d'entendre tous les autres Proteftans, qui feuls pouvoient détruire, par des faits certains, l'allégation de la prétendue converfion de Marc-Antoine Calas.

Pendant qu'on rejettoit ainfi les moyens les plus infaillibles de connoître la vérité, à quel genre de preuve avoit-on recours, pour perfuader que Marc-Antoine Calas n'avoit pu fe pendre lui-même ? La chofe eft incroyable, & cependant c'eft un bruit général que le fieur David prit le parti de faire une nouvelle defcente dans la maifon du fieur Calas, accompagné de l'Exécuteur de la Haute Juftice, qui dûement préparé, démontra, dit-on, à tous ceux qui fouhaitoient qu'on le crût ainfi, qu'il étoit phyfiquement impoffible que Marc-Antoine Calas fe fût défait lui-même. On n'affurera point pofitivement ce fait ; mais il eft certain que cet indigne rapport a été donné dans le public comme un des plus forts indices contre les Accufés.

LES DEUX CAPITOULS qui avoient ordonné la pompe funebre de Marc-Antoine Calas, & qui par-là s'étoient, pour ainsi dire, rendus garants de la condamnation du sieur Calas & de sa famille, ces deux Capitouls se chargerent de procéder à la confrontation des Accusés entr'eux. Ils y commirent des nullités. Il fallut donc casser la procédure de confrontation, & en recommencer une nouvelle. Mais les mêmes Juges qui avoient commis les nullités, se chargerent encore de refaire la confrontation.

Enfin le 18 Novembre 1761, les Capitouls s'assemblerent pour juger définitivement ce fameux Procès. On fut surpris de voir au rang des Juges le Capitoul qui s'étoit rendu récusable par tant de raisons plus essentielles les unes que les autres. La Sentence fut rendue à cinq heures du soir. Le sieur Calas pere, sa femme, & Pierre Calas leur fils, furent condamnés à la question ordinaire & extraordinaire; le sieur Lavaysse & la Servante à être *présentés* à la question ordinaire. Le nommé *Espaillac*, l'un des témoins, fut décrété de prise-de-corps, parce que trois Freres Tailleurs avoient déclaré, dit-on, qu'Espaillac leur avoit révélé quelques faits dont il n'avoit pas parlé dans sa déposition.

Sur-le-champ cette Sentence fut lûe aux Accusés. Ils en interjetterent appel, ainsi que le Procureur du Roi. Cependant, par un attentat manifeste, on leur mit les fers aux pieds, comme à des scélérats convaincus, quoique leur appel les eût affranchis de droit de la Jurisdiction des Capitouls.

LE PROCÈS porté au Parlement, il y avoit lieu

Sentence des Capitouls du 18 Nov. 1761.

de croire que cette Cour casseroit toute la procédure faite devant les Capitouls ; elle est remplie de nullités essentielles, & c'est ce que personne n'ignoroit dans la Ville de Toulouse. Cependant par un premier Arrêt du 5 Décembre 1761, la seule Sentence du 18 Novembre précédent, qu'on vient de rapporter, fut déclarée nulle. On laissa subsister toute la procédure, & il fut ordonné qu'il seroit procédé à une continuation d'information.

Arrêt qui ordonne une continuation d'information.

Les Accusés avoient interjetté appel comme d'abus de l'obtention du Monitoire. Il falloit nécessairement y statuer ; les moyens d'abus ne leur manquoient pas, & un habile Avocat s'étoit chargé de plaider la Cause à l'Audience de la Grande-Chambre. Mais la Cause fut appellée sans qu'il y eût de contradicteur de la part des Accusés, & l'on juge bien qu'ils échouerent, puisque personne n'osoit prendre leur défense. Cependant, comme il étoit difficile de se dissimuler les vices du Monitoire, il fut rendu en la Chambre de Tournelle, sur le réquisitoire de M. le Procureur Général, un nouvel Arrêt, portant qu'il seroit procédé à une nouvelle publication du Monitoire, & ensuite à la fulmination, ce qui n'avoit pas encore été fait ; & pour couvrir la nullité résultante de ce que le Monitoire avoit été accordé par le Vicaire Général, on jugea à propos d'y joindre des Lettres d'attache de l'Official : précautions tardives, qui ne servoient qu'à démontrer de plus en plus les vices de la procédure, puisqu'on se donnoit tant de peines pour les pallier.

Arrêt qui déclare qu'il n'y a abus dans l'obtention du Monitoire.

Arrêt qui ordonne une nouvelle publication du Monitoire.

La continuation d'information dura trois mois ; les Prisonniers demeurerent toujours chargés de fers , & gardés à vûe par deux fentinelles, fans que perfonne eût la liberté de les voir. Pendant qu'ils étoient ainfi détenus dans la plus dure captivité , que ne fit-on pas pour acquérir des preuves contr'eux ? Mais quelque ardeur que montraffent leurs ennemis à les pourfuivre, il fut impoffible de recueillir autre chofe que des oui-dire , ou des vifions enfantées par le fanatifme, & qui fe détruifoient par l'évidence du fait. Ce fut cependant fur ces oui-dire & ces vifions , combinées avec la converfion fuppofée de Marc-Antoine Calas , & avec l'impoffibilité prétendue que ce malheureux fe fût pendu lui-même , qu'on entreprit de juger le Procès le plus intéreffant pour l'humanité & pour la fûreté des Citoyens.

On s'attendoit que , fuivant l'ufage obfervé de tout tems au Parlement de Touloufe, les Juges s'occuperoient d'abord de décider du fort du fieur Lavayffe & de la Servante. Outre qu'un Juge doit fe montrer plus empreffé d'abfoudre que de condamner , & qu'il n'y avoit pas la moindre charge contr'eux , il étoit d'ailleurs de toute juftice de commencer par ces deux Accufés, parce que, comme ils étoient témoins néceffaires, s'ils étoient jugés innocens, leur témoignage ne pouvoit pas être enlevé au fieur Calas & à fa famille (a).

(a) C'eft ainfi qu'il en avoit été ufé entr'autres dans le Procès du nommé Olivier , accufé d'avoir tué fa fœur. Son valet étoit également accufé du même crime. Le maître le rejettoit fur le valet , & le valet fur le maître. Il n'y avoit contre eux que des indices ; mais ceux qu'on opofoit au valet étoient très-foibles , au lieu que ceux qui exiftoient contre le maître étoient très-forts. Que fitent les Juges ? Convaincus de l'innocence du valet , ils commencèrent par le juger , & il fut déchargé de l'accufation. Il fut enfuite réfumé fur fes intérrogatoires , & confronté au nommé Olivier , lequel , tant fur cette dépofition , que fur les indices violens qui fubfiftoient déja contre lui , fut condamné au fupplice prononcé par les Loix contre les affaffins.

Ce n'est pas ainsi qu'on a agi dans la funeste affaire de la famille Calas. L'ordre naturel des choses a été renversé dans tout ce qui a été fait contre ces infortunés. Tout a été contr'eux, & les faits prouvent que, par une fatalité incompréhensible, toutes les regles ont été violées lorsqu'il s'est agi de les condamner.

Lors de la Sentence de l'Hôtel-de-Ville, du 18 Novembre 1761, ils avoient eu le cruel desavantage d'avoir pour Juges plusieurs Capitouls, qui, par leur précipitation à ordonner la sépulture & la pompe funebre de Marc-Antoine Calas, étoient devenus intéressés à soutenir cette premiere démarche. Le même malheur les suivit au Parlement.

De treize Juges qui s'assemblerent pour prononcer sur la fortune, la vie & l'honneur de ces cinq Accusés, deux avoient approuvé l'Ordonnance en vertu de laquelle Marc-Antoine Calas avoit été honoré comme un martyr du premier ordre. Un autre qui avoit déja opiné à mort lors du premier Arrêt du 5 Décembre 1761, s'étoit plaint hautement dans une nombreuse assemblée, de ce que son avis n'avoit pas été suivi, sous prétexte que dès-lors Calas pere étoit suffisamment convaincu de parricide. Mais il y avoit encore un moyen de récusation particulier contre l'un de ces trois Juges. Ce Magistrat avoit répondu aux filles du sieur Calas, qui le sollicitoient en faveur de leur pere : *vous n'avez plus d'autre pere que Dieu.* Réponse sinistre, & qui annonçoit dès-lors à ces filles désolées le sort qu'on réservoit à leur malheureux pere.

Autre circonstance funeste, qui put encore nuire à la Cause de Jean Calas. Un Ministre Pro-

teſtant avoit publié un Ecrit dans lequel il juſti-
fioit la Religion de Calvin du reproche qu'on lui
faiſoit d'autoriſer le parricide. Cet Ecrit avoit été
condamné au feu par le Parlement de Touloſe,
& l'Arrêt s'exécutoit dans le moment qu'on faiſoit
traverſer à Jean Calas la Place du Palais pour aller ſubir ſon dernier interrogatoire ſur la ſellette.
A l'aſpect du Bourreau, des Archers, du Greffier
& des flammes allumées, il crut que ſon ſupplice
étoit décidé & déja tout préparé. Son interrogatoire ſe reſſentit de l'émotion que lui avoit cauſée
un ſi terrible ſpectacle; il ne ſçut que proteſter
de ſon innocence, ſans ſonger à ſa défenſe, qu'il
croyoit inutile.

Les parens des Accuſés avoient réſolu de récuſer les Juges qui s'étoient mis dans le cas de l'être;
mais il falloit un pouvoir des Accuſés pour pré-
ſenter les Requêtes de récuſation : comment le
leur demander, tandis que toute communication
leur étoit abſolument interdite ? Ils ignoroient jufqu'aux faits qui rendoient leurs Juges récuſables;
aucun Soldat n'avoit voulu ou n'avoit oſé ſe charger de leur faire paſſer aucun papier, ni même le
moindre avis.

C'EST DANS CET ÉTAT d'abandon que Jean
Calas ſubit ſon dernier Jugement. Quoique les
délibérations des Tribunaux pénetrent difficilement dans le Public, cependant les Accuſés ont
appris par la notoriété publique, que de treize
Juges ſept ſeulement opinerent d'abord à la
mort. Des autres, trois opinerent à la queſtion;
un conclut au hors de Cour; deux autres préten-
dirent qu'avant faire droit il falloit faire vérifier
par l'inſpection des lieux, s'il étoit ou s'il n'étoit

pas poſſible que Marc-Antoine Calas ſe fût pendu lui-même. Après différens débats, l'un des ſix Juges ſe joignit à ceux qui avoient opiné à la mort. Ainſi fut formé, à la ſeule prépondérance de l'Ordonnance, le ſanglant Arrêt du 9 Mars dernier.

Condamnation de Jean Calas.

Par cet Arrêt Jean Calas fut condamné à être d'abord appliqué à la queſtion ordinaire & extraordinaire, pour avoir révélation de ſes complices, à être rompu vif, & expirer ſur la roue, après y avoir demeuré deux heures, & enſuite brûlé. Il fut ſurſis juſqu'après l'exécution, au Jugement des autres Accuſés. On a prétendu que les Juges avoient attendu des douleurs de la queſtion & du ſupplice, quelqu'aveu qui éclaireroit ſur le Jugement des prétendus complices de Jean Calas. Mais écartons cette conjecture trop odieuſe : ſeroit-il poſſible que ſur une eſpérance auſſi trompeuſe, & que l'évenement a démentie, des Magiſtrats euſſent haſardé un Jugement auſſi atroce que deshonnorant pour l'humanité ?

Diſcours de Jean Calas à la queſtion.

Non, Jean Calas n'avouera point un forfait qu'il n'a jamais commis. Appliqué à la queſtion ordinaire & extraordinaire, il la ſupporte avec toute la conſtance & en même tems avec toute la réſignation qui forment le vrai caractere de l'innocence. En vain s'obſtine-t-on à lui demander les noms de ſes complices : *Là où il n'y a point de crime*, dit-il, *il ne peut point y avoir de complices. Jamais je n'ai donné ni fait donner la mort à mon fils; je ſuis innocent de ce crime abominable & inoui : les autres Accuſés en ſont également innocens.*

Le Pere Bourges, Dominiquain, & Profeſſeur en Théologie, avoit été chargé, avec un autre Religieux du même Ordre, d'aſſiſter Jean Calas dans ſes derniers momens, & ſur-tout de faire en forte de tirer de lui la vérité. Il reçut leurs bons offices avec reconnoiſſance, les pria de lui parler de Dieu, & leur témoigna la plus grande réſigna-tion ; mais il ſoutint toujours avec la même fer-meté qu'il n'étoit point coupable.

De la Chambre de la queſtion, conduit au lieu du ſupplice, il y porta la même tranquillité d'a-me. Quand il monta ſur le chariot fatal, il dit au peuple, *je ſuis innocent.* En paſſant dans ſon quartier, il ſalua les perſonnes de ſa connoiſſance. A l'amende honorable, il proteſta qu'il offroit à Dieu de grand cœur le ſacrifice de ſa vie pour l'expiation de ſes péchés, mais qu'il mouroit in-nocent du crime qu'on lui imputoit.

Au pied de l'échafaud, le Commiſſaire qui pré-ſidoit à l'exécution, reçut ſon teſtament de mort, qui ne fut qu'une nouvelle déclaration de ſon in-nocence, & une déteſtation du crime imputé. Le Pere Bourges ayant fait alors une nouvelle tenta-tive : *Quoi donc !* lui dit ce malheureux vieillard, *pourriez-vous croire auſſi qu'un pere eût voulu tuer ſon fils ?*

Dès qu'il fut ſur l'échafaud, ſes Concitoyens donnerent à ſon malheur des larmes d'autant plus ſinceres qu'elles étoient plus tardives. Le premier coup qu'il reçut fit friſſonner toute l'aſſemblée, & n'arracha au Patient qu'un cri fort modéré ; il re-çut les autres ſans la moindre plainte. Placé en-ſuite ſur la roue pour y attendre le moment où ſon ſupplice devoit finir avec ſa vie, il ne tint que des diſcours remplis de ſentimens du Chriſtianiſ-me. Il abrégeoit ces éternels inſtans, en ſe jettant dans les bras de Dieu. Il ne s'emporta point con-tre ſes Juges ; il pria Dieu de ne point leur impu-ter ſa mort : *ſans doute,* diſoit-il, *ils ont été trom-pés par de faux témoins.*

Supplice de Jean Calas.

Enfin ce moment fi defiré arrive, où l'Exécuteur devoit terminer en même tems la vie & les tourmens de cet infortuné. Le Pere Bourges s'approche de lui: *Mon cher frere* (lui dit ce refpectable Religieux) *vous n'avez plus qu'un inftant à vivre. Par ce Dieu que vous invoquez, en qui vous efpérez, & qui eft mort pour vous, je vous conjure de rendre gloire à la vérité...* Je l'ai dite, répond Jean Calas, *je meurs innocent. Jefus-Chrift, l'innocence même, voulut bien mourir par un plus cruel fupplice. Dieu punit fur moi le peché de ce malheureux qui s'eft défait lui-même. Il le punit fur fon frere & fur ma femme; il eft jufte, & j'adore fes châtimens..... Mais, mon Pere! ce jeune Etranger à qui je croyois faire politeffe en le priant à fouper; cet enfant fi bien né, ce fils de M. Lavayffe, comment la Providence l'a-t-elle enveloppé dans mon malheur?*

Dernieres paroles de Jean Calas.

Ainfi parloit Jean Calas. Le fieur David qui avoit voulu être témoin de fon fupplice, quoiqu'il ne fût point Commiffaire pour l'exécution, s'avance vers lui: *Malheureux*, lui dit-il, *vois le bûcher qui va réduire ton corps en cendres; dis la vérité.* Pour toute réponfe, Jean Calas détourna un peu la tête. Au même inftant l'Exécuteur fit fon office, & lui ôta la vie.

Mort de J. Calas.

TEL EST le récit de la mort la plus déplorable & la plus funefte dont aucune hiftoire faffe mention. On ne doit pas oublier que quelque faux zélé ayant ofé faire courir le bruit que Jean Calas avoit avoué fon prétendu crime, le Pere Bourges crut fon honneur & fon devoir intéreffés à démentir cette impofture. Il alla lui-même chez les Juges, leur rendit compte des fentimens de Jean Calas, & les affura qu'il n'avoit ceffé de

protefter

protester de son innocence & de celle des autres Accusés.

IL S'AGISSOIT de juger les prétendus compli- ces. On commença par Jean-Pierre Calas. Il étoit regardé comme le plus coupable, parce qu'un jeune homme de la lie du peuple, nommé *Caze-res*, appellé de la Ville de Montpellier pour dé-poser dans la continuation d'information, avoit déposé qu'il avoit entendu dire à Jean-Pierre Ca-las : *On peut se sauver dans les deux Religions. Deux de mes freres pensent comme moi. Si je sçavois qu'ils voulussent changer, je serois en état de les poignarder ; & si j'avois été à la place de mon pere quand Louis Calas, mon autre frere, se fit Catholi-que, je l'aurois fait mourir.* Jean-Pierre Calas fut condamné au bannissement perpétuel. Il a été en-suite renfermé dans un Couvent.

QUANT à la dame Calas, il n'y avoit aucune charge contre elle. Seulement un des Témoins avoit déposé qu'elle s'étoit évanouie un jour qu'un de ses fils lui avoit manqué de respect. Elle fut mise hors de Cour.

A L'ÉGARD du sieur Lavaysse, tout démon- troit son innocence, & il n'avoit contre lui que son malheur de s'être engagé à souper le 13 Oc-tobre 1761 chez les sieur & dame Calas. On as-sure que plusieurs des Juges pensoient qu'il lui étoit dû une décharge éclatante de l'accusation hasardée contre lui : mais d'autres opposerent l'u-sage de la Tournelle, de ne jamais décharger les co-Accusés, lorsque l'un des Accusés a été con-damné à mort, à moins qu'ils n'eussent donné

C

des preuves pofitives de leur innocence. Sur le fondement de cet ufage, le fieur Lavayffe fut feulement mis hors de Cour.

Jugement de la Servante.

IL RESTOIT à prononcer fur le fort de la fervante, cette ancienne Catholique, fi connue par fa piété, & qui avoit contribué à la converfion de Louis Calas. Cette fainte fille avoit-elle trempé dans le prétendu affaffinat du fils aîné de fes Maîtres ? Elle n'en fut pas même foupçonnée ; mais on fuppofa qn'elle n'avoit pas voulu dire tout ce qu'elle fçavoit. Elle fut mife feulement hors de Cour.

QU'EST-IL BESOIN de rendre compte ici des fentimens que ce dernier Arrêt excita dans le Public ? De cinq co-Accufés, qui ne s'étoient pas quittés un moment, un feul eft condamné, les quatre autres font abfous : donc il n'y avoit point de preuves, ni contre les uns, ni contre les autres : donc le fieur Calas pere a été facrifié à des conjectures mal-fondées. C'eft le jugement qu'en porteront les perfonnes mêmes qui dans l'origine avoient montré le plus de prévention. On en conclut que fi la fervante, le fieur Lavayffe & la dame Calas, contre lefquels il ne fubfiftoit pas la moindre charge, avoient été jugés les premiers, comme c'étoit la regle, non-feulement ces trois Accufés auroient obtenu une pleine & entiere décharge de l'accufation, mais encore que les preuves de leur innocence, & leur témoignage qui étoit néceffaire, auroient opéré la juftification, tant de Jean-Pierre Calas, que du fieur Calas pere. Ces réflexions fi fimples, & en même tems fi lumineufes, firent regretter vivement les honneurs prématurés rendus à la mémoire de Marc-Antoine Calas. Chacun se reprocha la pompe funebre, le Service solemnel & le superbe catafalque qui avoient jetté l'enthousiasme dans les esprits, & qui n'avoient que trop influé sur le Jugement du sieur Calas pere.

Mais il n'est pas question ici de l'opinion publique, quoiqu'elle soit certainement d'un très-grand poids. Un objet bien plus essentiel occupe aujourd'hui la famille du sieur Calas. Il s'agit de justifier la mémoire de ce malheureux pere, & de rendre à sa famille désolée l'honneur dont elle avoit joui pendant si long-temps parmi ses Concitoyens.

Pour mettre le Conseil en état de prononcer avec une pleine connoissance de Cause, il est nécessaire, après avoir rendu compte des faits, de proposer ici les moyens les plus frappans qui se présentent contre l'Arrêt qui a condamné Jean Calas, & contre toute la Procédure sur laquelle cet Arrêt a été rendu. On commencera par exposer les vices de la Procédure sur laquelle la condamnation de cet infortuné a été prononcée. On entrera ensuite dans l'examen de l'accusation en elle-même, & des indices qui ont servi de fondement à la condamnation.

PREMIERE PARTIE,

Contenant les vices & les nullités de la Procédure sur laquelle Jean Calas a été condamné au dernier supplice.

Le premier objet qui frappe dans cette funeste affaire, c'est l'enlevement du sieur Calas, de sa

Premier vice de la procédure faite contre les Accusés.

C ij

femme, de son fils, de sa servante, & du sieur Lavaysse, sans Ordonnance de Justice, & ensuite leur emprisonnement sans information préalable.

Il est vrai que l'Article IV. du Titre II. de l'Ordonnance Criminelle , enjoint aux Prevôts de Messieurs les Maréchaux de France d'*arrêter les Criminels pris en flagrant délit, ou à la clameur publique*. Il est vrai encore que l'Article IX. du Titre X. de la même Ordonnance , porte « qu'a-
» près qu'un Accusé *pris en flagrant délit, ou à
» la clameur publique*, aura été conduit prisonnier,
» le Juge ordonnera qu'il sera arrêté & écroué,
» & l'écroue lui sera signifié parlant à sa person-
» ne ». Mais ces deux Articles ne peuvent être appliqués au sieur Calas ni aux autres Accusés.

1°. On ne peut pas dire que les Accusés eussent été pris *en flagrant délit*, puisque jamais on n'a prouvé aucun délit contre eux. Bien-loin de-là , les Informations doivent établir que quand le sieur David fit sa descente dans la maison des Accusés, il les trouva fondans en larmes, & exprimant par leurs cris & leurs sanglots, la douleur que leur causoit la funeste mort de Marc-Antoine Calas. D'ailleurs la promptitude du sieur Lavaysse & de Jean-Pierre Calas à courir chez un Chirurgien & chez un Assesseur de l'Hôtel-de-ville , & l'empressement du sieur Lavaysse de rentrer dans la maison, quoiqu'investie par des soldats du Guet, toutes ces démarches annoncent-elles des coupables pris en flagrant délit, & ne font-elles pas au contraire des preuves les moins équivoques de l'innocence de cette famille ?

2°. Ce seroit s'abuser que de regarder comme une *clameur publique*, le propos téméraire de cet

inconnu qui ofa accufer Jean Calas d'avoir affaffiné fon fils. La clameur publique, en matiere de
crime, c'eft quand une univerfalité de perfonnes
atteftent, *j'ai vû commettre le crime, voilà le coupable, nous l'avons arrêté commettant le crime, ou
s'enfuyant après l'avoir commis.* Mais une accufation vague, hafardée contre un Citoyen domici-
lié, connu par fa probité & fes fentimens ; contre un pere à qui on impute la mort de fon fils
dans le tems même où il la pleure avec amertume, jamais la Juftice regarda-t-elle un pareil difcours comme une raifon légitime de faire arrêter
toute une famille ? Que chaque Citoyen inter-
roge fon cœur, & qu'il juge s'il eft poffible, fans
infulter l'humanité, d'admettre un pareil foupçon
contre un pere.

D'ailleurs tout autre que le fieur David auroit
fait cette réflexion. Quand bien même Jean Calas auroit été affez dénaturé pour attenter à la vie
de fon fils, eft-il raifonnable de penfer qu'il ait
commis ce crime horrible de concert avec une
mere, un frere, avec un ami qui étoit arrivé la
veille de Bordeaux, & une fervante ancienne
Catholique, & qui a élevé tous les enfans du Sr
Calas ? Il eft impoffible que ce pere ait commis
feul un fi grand crime. Il eft également impoffible de fuppofer que ceux qui étoient avec lui dans
la maifon, l'ayent aidé à le commettre. Donc il
feroit injufte de les faire arrêter comme des coupables. Il feroit injufte fur-tout de faire arrêter
le fieur Lavayffe & la fervante, qui font évidemment hors de tout foupçon, & qui en tout cas
font des témoins néceffaires.

Enfin, de quelque maniere qu'on veuille envi-
fager la clameur publique, il faut qu'elle foit

jointe à quelques préfomptions violentes & vrai-
femblables, comme fi, par exemple, la perfonne
foupçonnée avoit pris la fuite. *Si priùs de commif-
fo delicto fuerit Judex legitimè informatus & maturè,
aut de dilecto effet fama publica & præfomptio vehe-
mens, feu verifimilis, & teneatur de fugâ.* Ce font
les termes de l'Ordonnance de Philippe IV. de
l'an 1328, citée par Bornier fur l'article 9 du
titre 10 de l'Ordonnance de 1670. Or il ne fe
préfentoit aucune préfomption de cette nature
contre les Accufés. Aucun d'eux n'avoit eu la
moindre idée de prendre la fuite. Ils avoient eux-
mêmes appellé la Juftice ; & loin qu'on pût les
foupçonner d'avoir contribué à la mort de Marc-
Antoine Calas, leur douleur témoignoit affez
combien ils étoient confternés d'un fi trifte événement. C'eft donc un attentat à la liberté publique, que d'avoir fait arrêter cinq Citoyens
contre lefquels il n'y avoit aucune preuve, ni
même aucun foupçon raifonnable.

Mais au moins, avant que d'en venir à une fi
cruelle extrémité, falloit-il prendre toutes les
précautions poffibles pour conftater le corps du
délit, ainfi que toutes les circonftances qui pouvoient tendre à la décharge ou à la conviction des
prévenus. C'eft cependant ce qui a été entierement négligé par le fieur David, ainfi qu'on va
le voir.

Second vi-
ce de la pro-
cédure.
Nullité du
Procès-ver-
bal de def-
cente.

RIEN de plus important que les premieres pro-
cédures qui fe font pour l'inftruction d'un procès
criminel. Souvent pour les avoir mal faites, les
Juges ont perdu pour toujours l'occafion de reconnoître les coupables, ou de juftifier des perfonnes accufées injuftement. Les premiers pas

dans une procédure criminelle exigent en même tems & la plus grande célérité & la plus fcrupuleufe exactitude. Un Magiftrat qui connoît l'importance de fon miniftere, & qui fçait qu'il eft également comptable envers le Public pour la fûreté des Citoyens, & envers les Accufés pour leur conferver les moyens de fe juftifier, ne doit obmettre aucune précaution. Rien ne doit être regardé comme minucieux, lorfqu'il s'agit de deux objets auffi importans que la vindicte publique & la protection de l'innocence.

C'eft par ces grandes confidérations que l'article premier du titre 4 de l'Ordonnance criminelle de 1670, porte que *les Juges drefferont, SUR-LE-CHAMP ET SANS DÉPLACER, Procès-verbal de l'état auquel feront trouvées les perfonnes bleffées, ou le corps mort, enfemble du lieu où le délit aura été commis, & DE TOUT CE QUI PEUT SERVIR POUR LA DÉCHARGE OU CONVICTION;* & telle eft l'attention du Légiflateur, que dans l'article fuivant il ordonne que les Procès-verbaux feront remis au Greffe dans les vingt-quatre heures, *enfemble les armes, meubles & hardes qui pourront fervir à la preuve, & feront enfuite partie du Procès.*

Y eut-il jamais occafion où il fût plus néceffaire d'obferver ftrictement ces deux articles, furtout lorfque le fieur David mettoit au nombre des Accufés le fieur Lavayffe & la fervante, qui feuls pouvoient rendre témoignage de la vérité des faits ?

Lorfque le fieur David fe tranfporte dans la maifon du fieur Calas, il trouve un cadavre étendu dans le magafin, un pere, une mere & un frere déplorans le funefte fort du défunt. Il s'a-

giſſoit de découvrir la cauſe d'un ſi triſte évenement. Comment devoit-il s'y prendre ?

Il falloit d'abord dreſſer Procès-verbal de l'état
du cadavre, tant par lui-même que par des Médecins & Chirurgiens. Par-là il ſe feroit aſſuré que
le défunt étoit mort pendu. L'impreſſion toute
récente de la corde ne lui auroit pas permis d'en
douter.

De-là un Magiſtrat vigilant & zélé pour la juſtice, auroit porté ſon attention ſur les autres parties du cadavre. Il auroit vû qu'il ne s'y trouvoit
aucune meurtriſſure, aucune marque de violence & de combat. Il n'auroit pas oublié d'examiner la ſituation des cheveux, pour conſtater s'ils
étoient dérangés, arrachés, ou s'ils étoient dans
leur poſition ordinaire. La chemiſe, les habits du
défunt, tout ce qui l'environnoit, tout ce qui
avoit rapport à ſon ajuſtement, toutes ces circonſtances auroient été conſtatées authentiquement,
& le Magiſtrat en auroit conclu indubitablement
que Marc-Antoine Calas s'étoit pendu lui-même.

Pour s'aſſurer davantage d'un fait auſſi important,
il auroit fait la viſite exacte de tous les lieux d'a-
lentour, & il n'auroit pas tardé à trouver la corde
& le billot, malheureux inſtrumens de la mort de
Marc-Antoine Calas. Cette découverte l'auroit
mis en état de faire des queſtions au pere, à la
mere, au frere, au ſieur Lavayſſe & à la Servante, qui n'auroient plus cherché alors à diſſi-
muler un fait qu'ils avoient cru d'abord ſi important de cacher. Il auroit donc appris que le défunt avoit été trouvé pendu entre les deux battans
de la porte qui conduit de la boutique au magaſin.
D'après cette connoiſſance, il auroit fait appli-
quer la corde au col du cadavre, afin d'en vérifier

l'impreſſion. Il auroit fait poſer le billot ſur les
deux battans de la porte ; il en auroit meſuré la
hauteur, la largeur, & il auroit fait mention dans
ſon Procès-verbal de tout ce qui pouvoit ſe trouver aux environs de ce funeſte lieu, ſieges, ta-
bourets, balles de marchandiſes, ou autres inſtrumens dont le défunt avoit pu ſe ſervir pour l'exécution de ſon ſiniſtre deſſein.

Une voix téméraire avoit accuſé Jean Calas
d'avoir aſſaſſiné ſon fils, en haine de ce qu'il devoit le lendemain faire abjuration de la Religion
Proteſtante. Que falloit-il faire pour approfondir
un fait auſſi eſſentiel ? Tout autre que le ſieur
David auroit monté à la chambre du défunt. Il
auroit fait une deſcription exacte de ſes livres, de
ſes papiers, des lettres qu'il pouvoit avoir reçues.
Il auroit vû s'il s'y trouvoit quelques livres à l'u-
ſage des Catholiques, en un mot quelque ſigne
d'un proſélyte. Les poches de ſes habits n'auroient pas été oubliées ; & les remarques que le
Magiſtrat auroit faites & couchées dans ſon Procès-verbal, les hardes qu'il auroit fait tranſporter
au Greffe, auroient été autant de témoins muets,
mais irréprochables, & mille fois plus ſûrs que
cette foule de témoins, dont les oui-dire & les
viſions n'ont ſervi qu'à tromper les Juges & à
faire illuſion au Public.

Le ſieur David doutoit-il encore ſi Marc-Antoine Calas s'étoit pendu lui-même ? La juſtice
demandoit qu'il prît toutes les meſures poſſibles
pour vérifier s'il n'avoit point été pendu par des
étrangers : car eſt-il quelque recherche qu'on ne
doive épuiſer avant que d'imputer un ſi noir forfait à un pere ? La porte de la rue s'étoit trouvée
fermée ; mais des voleurs, des ennemis pouvoient

s'être cachés dans la maison pendant le jour. Il falloit donc visiter tous les appartemens, & jusqu'aux moindres endroits de cette maison. Peut-être auroit-on trouvé les assassins ; peut être auroit-on reconnu l'endroit par où ils s'étoient enfuis ; peut-être auroit-on pu les suivre à la trace ; des voisins pouvoient les indiquer : combien de fois n'a-t-on pas retrouvé des coupables qui croyoient s'être assûrés de l'impunité par la fuite ? Quelque blessure qui laisse couler du sang, un chapeau, un instrument laissé par mégarde en s'échappant ; mille autres semblables adminicules ont souvent fait découvrir les plus grands criminels.

On ne craint pas de le dire. Un Procès-verbal bien fait & bien circonstancié, dressé en présence des cinq personnes qui s'étoient trouvées dans la maison, & accompagné de leurs déclarations signées d'elles ; un tel Procès-verbal pouvoit suffire seul pour éclairer les Juges dans la décision d'un Procès aussi grave, aussi intéressant pour l'humanité. Mais en même tems il faut convenir que faute d'un tel Procès-verbal, les Accusés ont perdu sans ressource les preuves les plus certaines de leur innocence, & qu'ils sont demeurés en butte à la prévention du peuple, à l'esprit d'enthousiasme qui a saisi toutes les têtes, & par une suite nécessaire, à tous les propos insensés qui ont rempli les dépositions des Témoins.

Premiere nullité.

Le premier Procès-verbal dressé par le sieur David, est donc nul, par la raison essentielle qu'il ne contient point tous les détails qu'on vient d'indiquer. On n'y a point rendu compte de ce qui pouvoit servir à la décharge ou à la conviction des prévenus. Tout y a été négligé ; le vœu de

l'Ordonnance n'a point été rempli ; & par conséquent l'Arrêt de condamnation a été prononcé
sur une procédure essentiellement nulle.

Mais d'ailleurs le Procès-verbal de descente est Seconde nullité.
encore nul, parce qu'il n'a pas été dressé *sur-le-
champ* & *sans déplacer.* C'est un fait certain, &
qui sera prouvé par les personnes les plus dignes
de foi, que ce Procès-verbal a été dressé à l'Hôtel-de-Ville, quoiqu'on prétende qu'il est daté de
la maison du sieur Calas. Ce dernier, sa femme &
son fils ont présenté leur Requête pour être admis à s'inscrire en faux contre cette piece ; & l'on
ne peut pas douter que l'inscription de faux ne fût
recevable, puisque par Arrêt du 7 Septembre
1740 le Parlement de Paris a bien reçu l'inscription de faux contre la minute d'un Arrêt rendu depuis soixante-treize ans, & qui avoit été
exécuté. *Le faux ne se couvre jamais*, c'est un principe certain dans notre Droit ; & c'est sur le fonde-
dement de cette maxime que l'Art. XI. du Titre I.
de l'Ordonnance du mois de Juillet 1737, porte
que *l'accusation de faux pourra être admise, s'il y
échet, encore que les pieces prétendues fausses ayent
été vérifiées, même avec le Plaignant, à autres fins
que celles d'une poursuite de faux principal ou incident, & qu'en conséquence il soit intervenu un Jugement sur le fondement desdites pieces, comme véritables.* La même disposition est répétée à l'Article
II. du Titre II. de la même Ordonnance concernant le faux incident. Tant il est vrai que rien ne
peut empêcher d'attaquer un Acte toutes les fois
qu'on en reconnoît la fausseté.

Ainsi de deux choses l'une : ou le Procès-verbal de descente du sieur David est daté de l'Hôtel-
de-Ville, où il a été en effet rédigé, ou bien il est

daté de la maison du sieur **Calas.** Dans le premier cas, il est évidemment nul. Dans le second cas, il est faux, & le Parlement de Toulouse n'a pu sans injustice refuser aux Accusés la faculté d'en constater la fausseté par les moyens qu'indiquent les Loix.

Seroit-il possible qu'on regardât comme peu important le défaut de rédaction du Procès-verbal *sur-le-champ* & *sans déplacer* ? Ce ne seront pas les gens instruits qui auront une pareille idée. Dans une Affaire aussi importante & aussi capitale, seroit-il juste que l'honneur & la vie d'un pere, d'une mere, d'un frere, demeurassent exposés à l'incertitude de la mémoire d'un Commissaire ? La moindre circonstance omise, le moindre changement dans le rapport des lieux, des personnes, de leurs discours, de leur contenance, peuvent devenir funestes aux personnes soupçonnées. Il faut donc que tout ce qui doit entrer dans le Procès-verbal, soit rédigé sur le lieu même & en présence des Parties intéressées, & qu'il soit signé par elles, ou qu'elles soient au moins interpellées de signer. Un Procès-verbal rédigé de mémoire & après-coup, hors la présence des Parties, ne peut jamais faire foi en Justice, même en matiere civile. A combien plus forte raison doit-il être rejetté en matiere criminelle, sur-tout lorsqu'il s'agit d'inculper un pere, une mere, un frere, & deux autres personnes qui avoient vécu jusqu'alors sans aucun reproche ?

En vain diroit-on que les articles de l'Ordonnance qui prescrivent la forme des Procès-verbaux des Juges, ne prononcent point la peine de nullité. En matiere criminelle, tout est de rigueur, & tout le monde sçait que l'omission de la moindre

formalité fuffit pour faire caffer toute la procédure. A combien plus forte raifon la même févé-
rité doit-elle avoir lieu pour un Procès-verbal de
defcente qui eft le fondement de toute la procédure ?

On ne peut trop infifter fur les vices du premier
Procès-verbal de defcente, parce qu'il eft certain
que fi ce Procès-verbal avoit été fait à charge &
à décharge, Jean Calas & fa famille y auroient
trouvé la réfutation de tous les difcours hafardés
contr'eux ; difcours qui n'ont jamais pû former
tout au plus que des indices & qui auroient été dé-
truits par d'autres indices fans comparaifon plus
forts, & même victorieux.

LES ACCUSÉS n'ont jamais fçu exactement &
en détail ce que porte le premier rapport du Médecin & des deux Chirurgiens appellés par le fieur
David pour faire la vifite du cadavre de Marc-
Antoine Calas : mais ils fçavent certainement
deux chofes. La premiere, que la vifite de ces
Médecin & Chirurgiens n'a été faite qu'en vertu
d'un ordre verbal du fieur David. La feconde,
que le rapport de cette vifite n'a été fait que le lendemain.

L'article premier du titre 5 de l'Ordonnance de
1670, permet aux perfonnes bleffées de fe faire
vifiter par Médecins ou Chirurgiens ; & l'article
2 du même titre s'exprime ainfi : « Pourront néan-
» moins les Juges *ordonner* une feconde vifite par
» Médecins ou Chirurgiens *nommés d'office*, lef-
» quels prêteront ferment, dont fera expédié ac-
» te ; & après leur vifite en drefferont & figne-
» ront *fur-le-champ* leur rapport, pour être remis
» au Greffe & joint au Procès, »

Il réfulte de cet article que les rapports des Mé-

Troifieme
vice de la
procédure.
Nullité du
premier rap-
port du Mé-
decin & des
deux Chi-
rurgiens.

decins & Chirurgiens doivent être faits d'après une Ordonnance. C'est le titre en vertu duquel il procedent. Ils ne peuvent valablement travailler à leur rapport sans en être munis, & même sans avoir prêté serment de bien & fidellement faire leur visite, en cas qu'ils ne soient pas Médecins & Chirurgiens-jurés ordinaires.

C'est ce qui n'a point été observé dans la visite du cadavre de Marc-Antoine Calas. Comme il n'y a point eu de Procès-verbal, il n'y a point eu d'Ordonnance pour commettre le Médecin & les Chirurgiens. Le sieur David se contenta de les mander verbalement ; un soldat porta ses ordres, il ne fut pas observé d'autre formalité.

D'un autre côté, le rapport n'a point été dressé *sur le-champ*, mais seulement le lendemain. On sent de quelle conséquence a pu être ce retardement. Du jour au lendemain le cadavre a pu recevoir des meurtrissures & des contusions, soit dans le transport de la maison du sieur Calas à l'Hôtel-de-Ville, soit à l'Hôtel-de-Ville même pendant qu'il y a été exposé. Il étoit donc essentiel que le rapport ne fût pas différé d'un instant, & qu'il fût dressé sur le lieu même, contradictoirement avec les prévenus.

Au reste, il paroît que ce premier rapport ne contient rien que de vague, & qu'il est tel que peut être un rapport dressé de mémoire par des Médecins & Chirurgiens qui n'avoient fait leur visite la veille qu'avec beaucoup de négligence. La preuve qu'il n'est point à la charge des Accusés, c'est que le Médecin & les Chirurgiens n'ont été ni recollés, ni confrontés ; de-là il s'ensuit au moins qu'il ne pourroit leur être opposé : car il est certain qu'on ne peut admettre aucune preuve contre les Accusés, qu'autant qu'ils ont été mis à portée de la contredire par la voie de la confrontation. Telle est la Jurisprudence du Parlement de Toulouse lui même ; & c'est ainsi que cette Cour l'a jugé par son Arrêt du 25 Avril 1752, dans l'affaire du sieur Palhols & des sieur & demoiselle Domergue. Cet Arrêt, en ordonnant que l'information commencée seroit continuée, ordonne en même tems qu'il sera procédé au recollement & à la confrontation des Médecins & des Chirurgiens. C'est aussi sur ce fondement que l'Ordonnance criminelle de 1670, & la Déclaration de 1737, concernant le crime de faux, ordonne que les Experts employés à la vérification des écritures & signatures, seront recollés dans leur rapports, & confrontés aux Accusés, comme les autres témoins.

ON A DIT dans le récit du fait, que les Accusés ayant déclaré dans leur interrogatoire que Marc-Antoine Calas avoit soupé avec eux, les Capitouls jugerent à propos de révoquer ce fait en doute ; & qu'en conséquence ils chargerent le nommé *Lamarque*, Chirurgien, d'ouvrir le cadavre du défunt, pour vérifier si les alimens qui s'y trouveroient, étoient les mêmes que ceux qui avoient été déclarés par les Accusés. On prétend que le sieur Lamarque dans son rapport, après quelques dissertations physiques sur les regles de la digestion, a décidé que les alimens trouvés dans l'estomach de Marc-Antoine Calas, devoient avoir été pris depuis trois ou quatre heures, & que de-là les Capitouls ont conclu qu'il n'étoit pas vrai que Marc-Antoine Calas eût soupé avec sa famille.

Quatrieme vice de la Procédure. Nullité du second rapport de la visite du cadavre.

On examinera plus particulierement dans la
suite ce qu'on doit penser de ce rapport. Quant
à présent il suffit d'observer que le rapport de Lamarque est absolument nul par deux raisons.

La premiere, parce qu'une pareille vérification étoit du reffort de la Médecine & non de la
Chirurgie. Que le Chirurgien eût fait l'ouverture
du cadavre, à la bonne heure ; mais il n'appar-
tenoit qu'à des Médecins de décider, fi cela est
possible, à l'infpection des alimens, depuis quel
tems ils devoient avoir été pris, & quel étoit
le degré de leur digestion. L'état du Chirurgien
est borné à la connoiffance de l'anatomie, & aux
opérations de la main ; des combinaifons physiques font au-deffus de fon art : c'est comme fi le
jugement d'une question de Droit étoit renvoyé
à un Praticien.

La feconde, c'est que le fieur Lamarque a été
feul à faire cette vérification ; au lieu que fuivant
l'Ordonnance de 1670, de pareilles visites doivent toujours être faites par plufieurs Médecins
& Chirurgiens : *Pourront néanmoins les Juges ordonner une feconde visite PAR MEDECINS OU
CHIRURGIENS nommés d'office, lefquels, &c.* Et
en effet les Médecins & les Chirurgiens font en
cette partie les fonctions d'Experts ; & tout le
monde fçait que le rapport fait par un feul Expert
ne prouve rien, par la même raifon que la dépofition d'un feul témoin ne mérite aucune foi.

**Cinquieme
vice de la
Procédure.
Nullité du
Monitoire.**

DEUX MOYENS s'élevent contre le Monitoire
publié à l'occafion de la mort de Marc-Antoine
Calas.

Le premier est un moyen d'abus, pris de ce que
ce Monitoire a été accordé par les Vicaires Généraux

néraux de M. l'Archevêque de Touloufe, au lieu qu'il devoit être accordé par l'Official.

Tout le monde fçait que les Vicaires Généraux des Evêques n'ont de pouvoir que pour la Jurifdiction volontaire , & non pour la Jurifdiction contentieufe, qui eft la fonction propre & effentielle des Officiaux : & d'un autre côté , perfonne ne doute que les Monitoires ne foient de la Jurifdiction contentieufe. Auffi eft-ce aux Officiaux que s'adreffent toutes les difpofitions de l'Ordonnance de 1670 , concernant les Monitoires : *Enjoignons aux OFFICIAUX , à peine de faifie de leur temporel, d'accorder les Monitoires que le Juge aura permis d'obtenir.* Art. II. du Tit. VII. de cette Ordonnance : *Si après la faifie du temporel des OFFICIAUX , Curés ou Vicaires , à eux fignifiée , ils refufent D'ACCORDER ET DE PUBLIER le Monitoire, &c.* Art. VI. du même Tit. *Les OFFICIAUX ne peuvent prendre ni recevoir pour chacun Monitoire , plus de trente fols , &c.* En conféquence Mᵉ Lacombe, dans fon Dictionnaire Canonique , pag. 418 , établit comme un point de Jurifprudence inconteftable, que « c'eft au feul » Official , ou autre Juge de la Jurifdiction ecclé- » fiaftique contentieufe, à accorder les Monitoi- » res , non à l'Evêque , ou fes Grands Vicaires ; » finon , ajoute-t-il , *il y auroit abus dans cette ob-* » *tention* ».

Il y a donc un abus manifefte dans l'obtention du Monitoire publié à l'occafion de la mort de Marc-Antoine Calas , puifqu'il a été accordé par contravention à l'Ordonnance & à la Jurifprudence du Royaume , par les Vicaires Généraux qui n'avoient aucun pouvoir à cet effet, *à non habentibus poteftatem.*

D.

Il y a plus : quand bien même ce Monitoire auroit été accordé par M. l'Archevêque de Toulouse lui-même, il n'en seroit pas moins abusif, parce que, suivant l'Annotateur sur le Chapitre III. du Liv. IV. du Traité de l'abus par Fevret, les Evêques sont obligés de laisser l'exercice de la Jurisdiction contentieuse à leurs Officiaux. *On peut poser pour principe*, dit cet Auteur, *que ce seroit aujourd'hui un abus si un Evêque exerçoit par lui-même la Jurisdiction de son Officialité, à moins qu'il ne prouvât qu'il s'est légitimement conservé dans ce droit.* Si l'Evêque qui réunissoit originairement en sa personne l'exercice des deux Jurisdictions, volontaire & contentieuse, ne peut pas valablement accorder des Monitoires, à plus forte raison les Vicaires Généraux en sont-ils incapables, puisqu'ils ne sont que les Subdélégués de l'Evêque pour l'exercice de la seule Jurisdiction volontaire.

Par conséquent, en déclarant qu'il n'y avoit abus dans l'obtention du Monitoire dont il s'agit, le Parlement de Toulouse a contrevenu formellement à l'Ordonnance & aux Maximes du Royaume. La décision de cette Cour est même d'autant plus singuliere, qu'en déclarant qu'il n'y a abus dans l'obtention de ce Monitoire, elle a en même tems reconnu la réalité de l'abus, puisque lors de la nouvelle publication qui a été faite du Monitoire, en exécution de l'Arrêt rendu en la Tournelle le . . . . on a fait expédier des Lettres d'attache de l'Official sur le Monitoire accordé par les Vicaires Généraux.

Le second moyen contre le Monitoire dont il s'agit, est pris de ce que le sieur Calas pere & toute sa famille y sont désignés à ne pouvoir s'y méprendre. *Les personnes* (porte l'Art. IV. du Titre VII. de l'Ordonnance de 1670) *ne pourront êtr. nommées , ni DESIGNE'ES par les Monitoires , à peine de cent livres d'amende contre la Partie, & de plus grande s'il y échet.* Il ne faut que lire ce Monitoire pour être convaincu que cette regle a été entierement méprisée par les Capitouls. On y dit que Marc-Antoine Calas, à cause de sa prétendue conversion, *étoit regardé de mauvais œil dans sa maison.* D'après cette assertion, on ajoute que *la personne qui le menaçoit, lui a dit que s'il faisoit abjuration, il n'auroit d'autre bourreau que lui.* Qu'une femme qui passe pour attachée à l'hérésie *incitoit son mari à de pareilles menaces, &c.* En suivant la gradation de ces faits, est-il possible de ne pas reconnoître une accusation dirigée uniquement contre le sieur Calas, sa femme & les autres personnes impliquées dans le Procès ?

Par une suite de ce même défaut, les Capitouls, auteurs de ce Monitoire, ont commis une injustice énorme contre le sieur Calas & les autres Accusés. Pourquoi, en effet, ces Officiers municipaux ne s'occupent-ils que d'un prétendu assassinat de la part du pere, de la mere, du frere, & de l'ami du défunt ? Par quel hasard une idée aussi atroce, aussi incroyable, est-elle la seule qui ait pris crédit dans leur esprit ? Pourquoi le Monitoire ne tend-il pas également à la preuve du suicide, qui étoit établi par de si forts indices ? Pourquoi n'a-t-on pas voulu supposer, ce qui étoit possible, que Marc-Antoine Calas avoit été étranglé par des voleurs, des ennemis cachés dans la maison ? L'Ordonnance de 1670, Titre VI. *des Informations,* Art. X. porte que *la déposition de chacun témoin sera rédigee à charge ou à décharge.*

Le Monitoire eſt une préparation à l'Information.
Il doit donc auſſi être rédigé à charge & à décharge ; autrement il eſt nul, parce qu'il eſt directement contraire à l'eſprit de la Loi, & toute la
procédure faite en conſéquence d'un pareil Monitoire, doit être caſſée.

Il eſt aiſé de ſe repréſenter les terribles effets
qu'a pu produire une prévention auſſi marquée
dans un Monitoire obtenu ſur l'Ordonnance des
Magiſtrats Municipaux, publié dans toutes les
Chaires, & répété dans toutes les converſations
publiques & particulieres. Il en a dû réſulter deux
inconvéniens funeſtes pour les Accuſés ; l'un,
que ceux qui auroient pu avoir des connoiſſances
particulieres ſur le fait du ſuicide, ou de l'aſſaſſi-
nat par des étrangres, ne ſe ſont pas crus obligés
de venir à révélation ; l'autre, que le Peuple,
déja naturellement trop échauffé contre les Proteſtans, a réaliſé dans ſon imagination l'idée d'un
parricide exécrable, qui n'avoit d'abord été
qu'un ſimple ſoupçon. De-là cette fermentation
dans les eſprits, cette foule de viſions débitées
comme des faits, ces conjectures odieuſes qui ont
conduit Jean Calas ſur l'échafaud, & dont la
fureur ne s'eſt appaiſée que par la fermeté & la
conſtance héroïque de cet infortuné, au milieu
des effroyables tourmens auxquels il a été livré.

D'après ces réflexions, on ne doit pas être ſur-
pris que la famille du ſieur Calas inſiſte ſur la
nullité du Monitoire dont il s'agit, puiſqu'il eſt
vrai de dire que c'eſt par de telles irrégularités
qu'on eſt parvenu à enfler les Informations de
cette foule de dépoſitions qui, malgré leur illuſion, ont été le ſeul fondement de la condamnation de Jean Calas.

On l'a déja dit : en matiere criminelle , tout
eft de rigueur. Si le Monitoire eft abufif & nul,
toutes les informations faites en conféquence
doivent être regardées comme nulles , par la raifon que ce qui eft nul ne peut produire aucun effet. Voudroit-on encore douter de cette vérité ?
Qu'on ouvre l'Ordônnance de 1670, on y verra
au Tit. VII. art. 3, que la nullité d'un Monitoire
emporte la nullité *de tout ce qui aura été fait en
conféquence.* C'eft fur le même principe que l'aveu
du prévenu à la queftion eft annullé & ne fait
point preuve contre lui, fi le Jugement qui l'a
condamné à la queftion fe trouve nul. Telle eft la
doctrine de *Julius Clarus*, & de tous les meilleurs
Auteurs *.

* Julius
Clarus, Prat.
Cr. lib. 5.
paragr· fin.
q. 55. n. 14.

Ajoutons que les dépofitions des Témoins ouis
en conféquence du Monitoire , ont été reçues
avec la même irrégularité qui avoit accompagné
l'obtention du Monitoire lui-même. Ces temoins,
au lieu d'attendre que le Procureur du Roi les fît
affigner en leurs domiciles , comme la regle &
la bienféance le demandoient , fe font préfentés
en foule à l'Hôtel-de-Ville pour dépofer. La preuve de cet empreffement indécent fe tire des Ex-
ploits d'affignation, qu'on affure avoir été donnés
à l'Hôtel-de-Ville même. Loin donc qu'on doive
diffimuler les nullités du Monitoire pour faire
valoir les dépofitions des témoins , il n'eft rien
qu'on ne doive faifir pour renverfer une procédure auffi manifeftement fufpecte.

LE SECOND Procès-verbal de defcente fait par
les Capitouls dans la maifon du fieur Calas, n'a
été ordonné que pour rectifier , s'il fe pouvoit ,
les vices du premier Procès-verbal de defcente

Sixieme vi-
ce de la Pro-
cédure.
Nullité du
fecond Pro-
cès-verbal de
defcente.

54

fait par le sieur David. Mais cette nouvelle démarche ne doit être regardée que comme une reconnoiffance des nullités du Procès-verbal du Sr
David ; car les défauts de cette piece font irréparables, puifqu'elle devoit être faite *fur-le-champ*,
fans déplacer, & contradictoirement avec les
Accufés, lorfque le cadavre exiftoit encore fur
le lieu.

Au refte, le nouveau Procès-verbal dont il s'a-
git n'eft pas plus régulier que le premier. Il eft
vrai qu'on monta alors à la chambre du défunt,
qu'on ouvrit l'armoire qui fervoit à fon ufage, &
qu'on vifita fes livres & fes papiers. Mais la defcription n'en fut point faite, le tout fut remis aux
demoifelles Calas pour l'emporter dans leur nouveau logement. Quelle incroyable négligence
dans une affaire auffi capitale ! L'article II. du
Titre IV. de l'Ordonnance de 1670, enjoint aux
Juges de faire tranfporter au Greffe *les armes*,
meubles & hardes qui pourront fervir à la preuve, &
feront enfuite partie du Procès. Si les Capitouls s'é-
toient conformés à une loi auffi effentielle, quelles lumieres n'auroit-on pas pu tirer de l'examen
des livres & des papiers de Marc-Antoine Calas,
pour éclaircir le fait de fa prétendue converfion?
Faute de cet examen, comment a-t-on ofé condamner Jean Calas, comme ayant affaffiné fon
fils en haine de la Religion Catholique ?

Septieme
vice de la
Procédure. L'ORDONNANCE du mois d'Avril 1667, Tit.
XXIV. Art. XVII. établit pour maxime que *tout*
Juge qui fçaura caufes valables de récufation en fa
perfonne, fera tenu, fans attendre qu'elles foient pro-
pofées, d'en faire fa déclaration, qui fera communi-
quée aux Parties. Cette Loi fi équitable & fi né-

ceſſaire a-t-elle été obſervée dans la malheureuſe affaire du ſieur Calas ? C'eſt ce qu'il s'agit d'examiner.

Les deux Capitouls & l'Aſſeſſeur qui rendirent l'Ordonnance pour faire enterrer le corps de Marc-Antoine Calas en terre-ſainte, avoient jugé que ce malheureux étoit mort Catholique. En ordonnant ſa pompe funebre, ils l'avoient déclaré martyr de la Religion. C'étoit-là le point le plus eſſentiel du Procès.

Par conſéquent ils avoient ouvert leurs avis avant le Jugement du Procès, & l'Ordonnance qu'ils avoient rendue en étoit une preuve authentique & par écrit. Ils ne pouvoient donc ſe diſpenſer de ſe récuſer eux-mêmes, ſuivant l'article VI. du même titre de l'Ordonnance de 1667 ; & ils le devoient d'autant plus, qu'en matiere criminelle les récuſations ſont tellement de droit étroit, que le Juge récuſable ne peut en aucun cas connoître de l'affaire, *nonobſtant le conſentement de toutes les Parties, même de nos Procureurs Généraux, ou nos Procureurs ſur les lieux, & des Procureurs Fiſcaux des Seigneurs.* Ce ſont les termes de l'article II. du même titre de l'Ordonnance de 1667.

Il eſt aiſé de juger de quelle conſéquence il étoit pour les Accuſés que les Capitouls, auteurs de l'enterrement de Marc-Antoine Calas, & pour ainſi dire, les ordonnateurs de ſa pompe funebre, ne demeuraſſent pas leurs Juges. Il eſt vrai que leur Sentence définitive a été caſſée ; mais on a laiſſé ſubſiſter les informations & toute la procédure faite par des Juges auſſi manifeſtement prévenus, & récuſables de droit, puiſqu'ils s'étoient déclarés contre les Accuſés par l'Ordonnance concernant l'enterrement de Marc-Antoine Calas. Car il ne faut pas oublier que les deux Capitouls qui ont inftruit le Procès, font les mêmes qui avoient ordonné l'enterrement.

D'un autre côté, c'eft un fait certain que des treize Magiftrats qui ont condamné Jean Calas au Parlement, deux avoient approuvé l'Ordonnance des Capitouls concernant l'enterrement du défunt; qu'un troifieme s'étoit plaint publiquement de ce que, lors du premier Arrêt, on n'avoit pas fuivi fon avis, qui étoit dès-lors de condamner Jean Calas à la mort; & que l'un de ces trois Juges, répondant aux follicitations que les demoifelles Calas lui faifoient pour leur pere, leur avoit dit : *vous n'avez plus d'autre pere que Dieu.* Comment ces trois Magiftrats ne fe font-ils pas abftenus d'affifter & d'opiner au Jugement du Procès ?

TETLES SONT les principales irrégularités qu'on a pu découvrir dans la procédure faite contre Jean Calas & fa famille. Avec combien de peines n'eft-on pas parvenu à fe procurer ces éclairciffemens ? Il y auroit fans doute beaucoup d'autres irrégularités à relever dans cette procédure; mais le Confeil, en ordonnant l'apport des charges & informations, fe mettra en état de fuppléer les moyens de caffation dont la famille du fieur Calas ne peut avoir connoiffance.

Hâtons-nous d'examiner l'accufation au fond, & de démontrer que Jean Calas, auffi-bien que les autres Accufés, étoient entierement innocens de l'horrible crime qu'on leur a imputé. Cette difcuffion n'eft point étrangere à la Caufe, puif-

que les Demandeurs en caſſation ſe propoſent de
conclure ſubſidiairement à la réviſion, à l'égard
de laquelle l'injuſtice du fond eſt un moyen inconteſtable.

SECONDE PARTIE,

Contenant l'examen de l'accuſation, quant au fond,
& les preuves de l'innocence des Accuſés.

Pour ſe convaincre que tous les Accuſés étoient
innocens, il ſuffiroit de faire attention que Jean
Calas pere a été ſeul condamné à mort, tandis
que les autres ont été mis hors de Cour, à l'exception de Jean-Pierre Calas, condamné au ban-
niſſement perpétuel.

Qu'on faſſe telles réflexions qu'on voudra ſur
cette différence de Jugemens, il en réſulte un argument invincible pour prouver que Jean Calas
n'étoit point coupable. Il n'y avoit que cinq perſonnes dans la maiſon, lorſque Marc-Antoine
Calas a été trouvé pendu. Il eſt impoſſible qu'un
ſeul ait commis ce prétendu crime. Si Marc-
Antoine Calas ne s'eſt pas pendu lui-même, il
faut néceſſairement que tous les cinq Accuſés
ſoient complices, puiſqu'ils ne ſe ſont point quittés (a).

Cette ſeule réflexion démontre que Jean Calas, quoique condamné, n'étoit pas plus coupable que les autres Accuſés qui ont été élargis.
Mais ne négligeons pas les preuves de ſon inno-

(a) Eſt-il poſſible d'ailleurs qu'un vieillard preſque ſeptuagénaire
ait ſuſpendu & étranglé ſeul & ſans ſecours un jeune homme de 28
ans, fort & robuſte?

cence ; elles font fi lumineufes , que ce feroit faire tort à la Caufe que de ne pas les expofer.

LE FONDEMENT de toute l'accufation, c'eft le fait fuppofé que Marc-Antoine Calas s'étoit converti à la Foi Catholique , & qu'il devoit faire abjuration le lendemain du jour qu'il eft mort. Par conféquent il eft effentiel d'éclaircir ce fait, non qu'il fût décifif contre Jean Calas, quand bien même il feroit prouvé, mais parce que, s'il eft démontré faux, il s'enfuit qu'il eft impoffible que fes parens l'ayent affaffiné en haine de la Religion.

Sur la prétendue Converfion de Marc-Antoine Calas.

IL FAUT fe rappeller ici le premier article du Monitoire publié au fujet de la mort de Marc-Antoine Calas. Il porte : « Contre tous ceux » qui fçauront , par oui-dire ou autrement, que » le fieur Marc-Antoine Calas, aîné, avoit re-» noncé à la Religion Prétendue Réformée, dans » laquelle il avoit reçu l'éducation ; qu'il affiftoit » aux cérémonies de l'Eglife Catholique, Apofto-» lique & Romaine ; qu'il fe préfentoit au Sacre-» ment de Pénitence , & qu'il devoit faire abju-» ration publique après le 13 du préfent mois » d'Octobre ; & contre tous ceux auxquels Marc-» Antoine Calas auroit découvert fa réfolu-» tion ».

Ce Monitoire a été publié à deux reprifes dif-férentes, & avec le plus grand éclat. On devoit donc s'attendre à voir venir à révélation ceux qui auroient inftruit M. A. Calas, fon Confeffeur, fon Directeur, le Curé de fa Paroiffe, en un mot, tous ceux qui l'auroient préparé à l'abjuration qu'il devoit, dit-on, faire le lendemain du 13 Octobre, jour de sa mort. Des Ecclésiastiques qui auroient travaillé à une si bonne œuvre, n'auroient pas été des derniers à satisfaire aux monitions qui leur étoient faites au nom de l'Eglise par leurs Supérieurs ; & certainement on ne persuadera à personne que par leur silence obstiné sur un fait de cette nature, ils se fussent exposés à encourir les censures dont ils étoient menacés.

Cependant (& c'est un fait digne de la plus grande attention) de tant d'Ecclésiastiques qui composent le Clergé séculier & régulier de la Ville de Toulouse, aucun ne s'est présenté qui pût dire avoir instruit Marc-Antoine Calas, aucun qui l'eût confessé, aucun qui l'eût préparé à faire son abjuration. Un seul Ecclésiastique (le sieur Laplagne) a déclaré qu'un jeune Protestant s'étoit présenté à son tribunal aux trois fêtes de Noël, Pâques & la Pentecôte ; mais en même tems il a déclaré que ce jeune Protestant, dont il ne sçavoit pas le nom, étoit un garçon de vingt-deux ans, au lieu que Marc-Antoine Calas en avoit vingt-huit. Bien plus, on lui a représenté le cadavre, & il ne l'a pas reconnu. Par conséquent ce n'etoit pas Marc-Antoine Calas qui s'étoit présenté à son tribunal.

Il est vrai qu'un valet du sieur d'Aldiguier a osé déposer que vers la fin de Septembre, ou au commencement d'Octobre, il vit « un jeune » homme, qu'il ne connut pas, sortant d'un » Confessionnal de la Dalbade, un mouchoir sur » le visage ; que le sieur Laplagne venoit de le » confesser, & qu'*on lui a dit*, depuis l'aventure » du 13, que c'étoit Marc-Antoine Calas ». Mais

outre que cette dépofition ne préfente qu'incertitude fur la perfonne , & *un oui-dire*, elle a encore été démontrée fauffe par le fait certain & reconnu par les Prêtres de la Dalbade, que le fieur
Laplagne n'a point de confeffionnal dans leur
Eglife, qu'il n'y confeffe point, qu'il n'y a jamais
confeffé, & que des Prêtres étrangers ne font pas
admis à faire cette fonction dans leur Eglife. Toute la Ville de Touloufe fçait d'ailleurs que ce
n'eft point à la Dalbade que le fieur Laplagne
exerce le miniftere de la confeffion. Par conféquent la dépofition du valet du fieur Daldiguier
eft un faux témoignage qui n'a dû qu'exciter l'indignation des Juges, & leur faire connoître de
plus en plus le vertige & l'enthoufiafme qui
avoient faifi tous les efprits.

Posons donc comme un fait inconteftable,
que, malgré la publication du Monitoire, & la
fulmination de l'excommunication qui s'en eft en-
fuivie, il ne s'eft préfenté aucun Eccléfiaftique
qui ait pu dire avoir inftruit, confeffé ou préparé à l'abjuration Marc-Antoine Calas. Et qu'on
n'allegue pas ici le fecret de la confeffion ; ce fecret, fi recommandé & fi inviolable, empêche
bien un Eccléfiaftique de révéler les péchés qui
lui ont été déclarés par le pénitent, mais il
n'empêche point qu'un Ecclédaftique ne témoigne
en Juftice & par-tout ailleurs : *j'ai entendu un tel
en confeffion.* Si cela étoit, pourquoi exigeroit-
on, pour la réception aux Charges, pour les
Mariages, que les Confeffeurs donnaffent des
certificats de confeffion, qu'ils vinffent même
dépofer dans des informations de vie & mœurs ?
Ainfi, puifque dans tout le Diocèfe de Touloufe

on n'a pu trouver un Confeſſeur ni un Cathéchiſ-
te pour Marc-Antoine Calas, on en doit conclure, ſans crainte de ſe tromper, que ſa converſion eſt une vraie chimere.

Mais d'ailleurs, ſi Marc-Antoine Calas étoit
converti, s'il étoit tout préparé à faire ſon abjuration le lendemain du 13 Octobre, comment
le ſieur Curé de S. Etienne, ſon Paſteur ordinaire, n'a-t-il rien ſçu de cette importante nouvelle,
qui devoit ſi fort intéreſſer ſa charité & ſon zele ?
A qui pouvoit-on mieux s'adreſſer pour l'éclair-
ciſſement d'un fait de cette conſéquence, qu'à
cet Eccléſiaſtique ſi reſpectable, dont le témoignage pouvoit donner un grand poids à l'accuſation, ou la faire évanouir ? N'eſt-ce pas une choſe inconcevable que les Magiſtrats ayent négligé
de le faire aſſigner pour dépoſer dans l'Information ?

Non-ſeulement le ſieur Curé de Saint Etienne
n'a eu aucune connoiſſance que Marc-Antoine
Calas ſe fût converti, mais au contraire il a par-
devers lui une preuve plus que vraiſemblable que
ce jeune homme avoit toujours perſiſté dans la
Religion Proteſtante. C'eſt ce qui réſulte de ſa
déclaration au bas de l'Acte qui lui a été ſignifié   Déclaration
de la part de la famille du ſieur Calas. Elle por-   du Sr Curé
                                                      de S. Etienne
te, que depuis environ dix-huit mois Marc-An-   de Touloufe.
toine Calas s'étoit préſenté à lui pour obtenir un
certificat de Catholicité ; mais qu'ayant refuſé
ce certificat juſqu'à ce que Marc-Antoine Calas
lui rapportât un certificat de ſon Confeſſeur qui
fît foi de ſes ſentimens, Marc-Antoine Calas ſe
retira, & qu'il n'en a pas entendu parler depuis.

Un autre témoignage non moins important ſe

préfentoit pour détruire le fait de la converfion de Marc-Antoine Calas. Les Accufés ont avancé dans leurs Mémoires fournis au Parlement de Touloufe, qu'un Magiftrat grave, connu par fa probité & fa vertu (*a*), qui avoit eu part à la converfion de Louis, troifieme fils de Jean Calas, avoit fouhaité de remporter la même victoire fur Marc-Antoine ; qu'il l'avoit entretenu à ce fujet ; qu'il lui avoit fait naître des doutes ; que Marc-Antoine Calas avoit demandé du tems pour délibérer, mais que quelque tems après il étoit revenu & avoit déclaré qu'il s'étoit affermi dans la foi dans laquelle il avoit été élévé. Pourquoi ce Magiftrat n'a-t-il pas été entendu dans l'information ?

Dépofition de Me Chalier, Avocat. On a déja cité, dans le récit des faits, la dépofition de Me Challier, Avocat au Parlement de Touloufe : elle porte que Marc - Antoine Calas étoit depuis quelque tems au defefpoir de ce que fon pere n'avoit pas encore voulu l'affocier à fon commerce, & qu'il avoit depuis peu manqué l'occafion de l'affocier avec un Marchand d'Alais faute d'un cautionnement de 6000 livres. Me Challier ajoûte dans fa dépofition que depuis peu de jours Marc-Antoine Calas lui faifant part de fes peines, lui avoit confié qu'il étoit dans le deffein d'aller à Genève fe faire recevoir Miniftre, & de revenir enfuite en France prêcher aux Proteftans de ce Royaume. Sur quoi Me Challier lui ayant repréfenté qu'il devoit bien fe garder de prendre un parti auffi dangéreux, Marc-Antoine Calas lui avoit répondu en fe levant, *hé bien ! je penfe à une autre chofe que j'exécuterai.*

Cette dépofition méritoit d'autant plus d'at-

(*a*) M. de la Motte, Confeiller au Parlement.

tention, que Me Challier avoit indiqué un autre Témoin qui étoit préfent à la converfation ; mais on n'a pas jugé à propos de le faire affigner ; pourquoi ? parce que . dit-on, c'étoit un Proteftant. Étrange raifon ! Y a-t-il donc quelque loi qui ait déclaré les Proteftans inteftables ? Que le zele de la Religion ne nous rende pas injuftes. Reconnoiffons qu'il y a parmi eux, comme parmi nous, de l'honneur, de la probité & des fentimens. D'ailleurs le Témoin défigné par Me Challier, eft un Avocat qui n'a pu être reçu fans avoir rapporté un certificat de Catholicité. Quelle bifarrerie ! On s'obftine à regarder comme Proteftant un Avocat dont l'état fuppofe néceffairement la Catholicité, & on veut abfolument faire paffer Marc-Antoine Calas pour Catholique, tandis qu'il n'a jamais pu parvenir au grade d'Avocat, faute d'un certificat de Catholicité.

VOILA DÉJA bien des preuves que Marc-Antoine Calas ne s'étoit pas converti à la Religion Catholique. Mais combien d'autres ne fe feroient-elles pas préfentées, fi l'on avoit cherché la preuve des faits juftificatifs propofés par les Accufés ? Les voici : Faits avancés par les Accufés, dont ils ont offert la preuve.

1°. Qu'au mois de Septembre 1758, Marc-Antoine Calas affifta à une Affemblée de Proteftans, aux environs de la ville de Mazamet, & qu'il y tint un enfant qui fut baptifé par un Miniftre. (a)

2°. Qu'à Noël 1760, fe trouvant chez le fieur Vaute, à Braffac, il affifta à une pareille Affemblée, aux environs de la ville de Vabres. (b)

(a) Ce fait a été juftifié par une information fommaire faite par le Juge de Mazamet.
(b) Ce fait a pareillement été juftifié par une atteftation des Curé, Juge, Confuls & principaux Habitans de Braffac.

3°. Qu'au mois de Mai 1761, cinq mois avant sa mort, il assista à l'enterrement du nommé *Jean Lacapelle*, Protestant, Praticien au Palais, qui se fit en conséquence d'une Ordonnance de l'Hôtel-de-Ville, dans le jardin du sieur Glacié.

4°. Qu'au mois de Juillet suivant, trois mois avant sa mort, il assista également à l'enterrement d'un autre Protestant, qui se fit hors la ville de Toulouse, & qu'il parla fortement aux autres Assistans de la prétendue excellence de sa Religion.

5°. Qu'au mois de Juin de la même année, Me Beaux, jeune Avocat, qui venoit de prêter serment, ayant demandé à Marc-Antoine Calas *s'il n'en faisoit pas autant*, celui-ci lui répondit en propres termes : *Je regarde la chose comme impossible, étant de la Ville, par conséquent trop connu ; & ne voulant pas faire des actes de catholicité, j'y ai renoncé ;* qu'il ajouta qu'ayant demandé un Certificat de catholicité au sieur Curé de Saint Etienne, & ayant été refusé, il n'y étoit plus revenu. Me Beaux a donné sa déclaration de ce fait au bas d'un Acte qui lui a été signifié. Cet Avocat est Catholique, pourquoi n'a-t-il pas été assigné pour déposer dans l'Information ? Son témoignage joint à ceux de Me Challier, du sieur Curé de Saint Etienne, & de l'autre Témoin qu'on n'a pas voulu entendre, n'auroit-il pas fait évanouir ce fantôme de conversion de Marc-Antoine Calas, qui est devenu si funeste à son pere & à toute sa famille ?

6°. Enfin, les Accusés ont demandé que les sieurs Pimbert, Procureur du Roi, & Monier, Assesseur ; le sieur Michel & le sieur Savaigne, Greffiers, qui ont fait la visite des livres & papiers

piers de Marc-Antoine Calas, lors de la feconde defcente, fuffent réfumés par-devant un Commiffaire du Parlement, & qu'ils fuffent tenus de déclarer s'il fe trouva parmi les livres, papiers & effets de Marc-Antoine Calas, quelque chofe qui eût rapport à la Religion Catholique, & à fa prétendue converfion.

Rien n'étoit plus fort que les preuves offertes par les Accufés, jointes aux preuves déja acquifes. Mais, pour établir plus clairement quels étoient les fentimens de Marc-Antoine Calas fur la Religion Proteftante, on rapportera ici les termes d'une Lettre qu'il écrivoit le 18 Janvier 1761, neuf mois avant fa mort, au fieur Cazeing, à Nifmes.

Pour prendre le fens de cette Lettre, il faut fe rappeller que l'un des freres de Marc-Antoine Calas, nommé *Louis*, avoit depuis environ deux ans abjuré la Religion Proteftante, quitté la maifon paternelle, & obligé fon pere à lui payer pour fon apprentiffage une fomme de 400 liv. & une penfion de 100 liv. Ce qui étoit au-deffus de fes forces, & qu'il avoit à Nifmes un autre frere, appellé *Louis-Donat*, à qui l'on ne donnoit pas, à beaucoup près, des fecours auffi confidérables.

Dans cette Lettre, dont on n'a eu connoiffance que depuis le Jugement du Procès, on trouve un article conçû en ces termes : « Tu trouve-
» ras inclufe une Lettre pour mon frere, que je
» te prie de lui remettre cachetée, après l'avoir
» lûe. Aide-le, je te prie, de tes confeils. Je par-
» lerai à mon pere pour lui, quoique nous foyons
» dans une circonftance critique, puifque, d'un

» côté, nous reffentons beaucoup la mifere du
» tems ; & de l'autre, *notre Déferteur nous-tracaffe.*
» *Il veut faire contribuer, & il agit par la force.* »
Puifque Marc-Antoine Calas appelle fon frere
Louis, *un Déferteur*, à caufe de fa converfion,
donc il étoit bien éloigné de vouloir l'imiter.

C'eft-là cependant ce même Marc-Antoine
Calas que le Peuple de Touloufe a prétendu être
converti depuis quatre ans, & qui devoit, difoit-
on, faire abjuration le lendemain du jour qu'il eft
mort. Examinons fi cette idée a pu prendre quelque confiftance d'après les Informations faites
tant à l'Hôtel-de-Ville qu'au Parlement.

Sur les dé-
pofitions des
témoins, au
fujet de la
prétendue
converfion
de Marc-An-
toine Calas.

C'EST A REGRET qu'on fe livre à l'examen des
dépofitions des Témoins entendus dans les Informations au fujet de la prétendue converfion de
Marc-Antoine Calas. On ne fe diffimule point
que cette difcuffion doit être regardée comme inutile, après les preuves qu'on vient de rapporter
du contraire, & fur-tout après qu'il eft conftant
que ni à Touloufe, ni ailleurs, aucun Eccléfiaftique, ou autre, ne s'eft préfenté, qui ait pu dire
avoir inftruit Marc-Antoine Calas, & l'avoir dif-
pofé à faire fon abjuration. C'étoient-là les témoignages qu'il falloit chercher, & non pas les vifions
d'une populace infenfée, chez qui une ftupide
averfion pour les Proteftans tient fouvent lieu de
tous fentimens de religion. On pourroit donc
abandonner ces vifions chimériques au mépris
qu'elles méritent ; mais l'affaire eft trop importante pour qu'on y doive rien négliger.

Noms &
dépofitions
des témoins
qui ont dé-

On cite plufieurs Témoins fur le fait de la converfion. Le fieur Arnal a vû Marc-Antoine Calas
fuivre le faint Viatique & la Proceffion de la Fête-

Dieu. La Demoiselle Durand l'a vû à la Meſſe, aux Bénédictions, dans les Confeſſionnaux, & à tous les Exercices de la Religion. Le ſieur Abbé Durand, ſon fils, l'a oui dire à ſa mere. Le ſieur Platte l'a vû priant Dieu dans l'Egliſe S. Sernin, devant les Corps ſaints, & y recevoir la Bénédiction. Il lui a entendu dire qu'il ſe convertiroit, ſi ſes parens ne l'en empêchoient. Suivant un Pénitent blanc, Louis Calas étant à la campagne avec l'Abbé Durand & lui, a dit que Marc-Antoine Calas, ſon frere, devoit entrer dans la Confrérie des Pénitens blancs. Deux autres Témoins dépoſent que l'un d'eux ayant parlé de ce fait à Louis Calas, ce dernier, qui ſe promenoit alors, ne répondit rien. Le ſieur Gorce & la demoiſelle Pouchelon ont entendu dire le 14 Octobre, que ce même jour-là Marc-Antoine Calas devoit faire abjuration. Catherine Dolmiere, Couturiere, a oui dire à Marc-Antoine Calas, le 12 Octobre, qu'il devoit ſe confeſſer le 14; mais que ſi on le ſçavoit, il ſeroit . . . . . (a). Une vieille femme d'un Cuiſinier, qui avoit allaité pendant un mois Marc-Antoine Calas, & à qui les ſieur & dame Calas avoient ôté cet enfant, parce que ſon lait étoit mauvais, a dit qu'ayant rencontré Marc-Antoine Calas, deux mois avant ſa mort, il l'arrêta, en l'appellant ſa nourrice, lui fit des reproches de ce qu'elle n'alloit pas voir ſon pere & ſa mere; l'invita à aller manger leur ſoupe, en lui diſant qu'elle leur feroit plaiſir; & qu'il lui ajouta : *Je vous dirai que je me fais de votre Religion.*

Telles ſont les dépoſitions des Témoins enten-

poſé de la prétendué converſion de Marc-Antoine Calas.

(a) L'expreſſion dont s'eſt ſervi cette femme, eſt ſi ſale, qu'on n'oſe la rapporter.

dus dans les premieres Informations, autant que
les Accusés ont pu en découvrir par les confron-
tations. On remet à examiner les autres dans la
suite, pour éviter la confusion.

D'abord, en supposant que les Témoins qui
disent avoir vû Marc-Antoine Calas dans nos
Eglises, à nos Exercices & à nos Processions,
ayent bien vu, & qu'ils ne se soient pas trom-
pés en prenant Louis pour Marc-Antoine (a),
pourroit-on conclure de ces signes extérieurs que
Marc-Antoine Calas se fût réellement converti,
lorsqu'on sçait que personne ne l'a instruit, que
personne ne l'a confessé ? Il avoit eu d'abord le
dessein de se faire recevoir Avocat ; il lui falloit
un Certificat de Catholicité, il vouloit l'obtenir
sans être obligé d'en venir à des actes de Religion
contraires à sa croyance. Seroit-il étonnant que
dans ces circonstances il eût affecté de paroître
aux Eglises, de se placer dans les Confessionnaux,
d'assister aux Saluts & Bénédictions, & de donner
ces autres marques extérieures de catholicité,
toujours si équivoques de la part d'un Protestant
qui aspire aux Charges ou aux Emplois, pour lesquels la qualité de Catholique est nécessaire ? On
a plusieurs exemples en France, de Protestans
qui, pour se marier ou pour parvenir à des Charges, ont été jusqu'à obtenir des Certificats de
Confession, quoiqu'ils soient notoirement toujours demeurés Protestans. A combien plus forte
raison peut-il arriver qu'un Protestant assiste aux
cérémonies de l'Eglise, sans avoir la moindre in-
tention de changer de Religion ?

Que Marc-Antoine Calas ait été vû suivant le

_____

(a) Nota. Ils étoient habillés de la même maniere ; ils portoient
un habit bleu avec des boutons de Pinsbec.

faint Viatique, tout ce qu'on en pourroit conclure, c'eft que fe trouvant engagé dans la foule, il auroit fuivi, dans la crainte de caufer du fcandale, jufqu'à ce qu'il trouvât un moment favorable pour fe retirer.

La curiofité a pu également porter ce jeune homme à affifter à la Proceffion de la Fête-Dieu, fans qu'on en puiffe rien conclure fur fa croyance. Son goût décidé pour la Mufique, qu'il aimoit avec paffion, & le defir de jouir du fpectacle des grandes affemblées, pouvoient l'amener dans les Eglifes ; il faut bien y être avec décence, quand on n'auroit pas de Foi. Un Proteftant doit avoir plus que tout autre cette attention. On doit encore obferver que plufieurs Proteftans, tant à Paris que dans les Villes de Province, ne font pas difficulté d'affifter aux Sermons des Catholiques qui roulent principalement fur la Morale, & qui contiennent rarement des chofes contraires à leur Religion ; & en conféquence ils ne fe font point de fcrupule d'être préfens aux cérémonies qui précedent & qui fuivent nos Sermons, attendu qu'ils les regardent comme des chofes indifférentes.

Un Pénitent blanc a dépofé que Louis Calas a déclaré que fon frere aîné devoit fe faire recevoir dans cette Confrérie. Mais outre que, fuivant deux autres Témoins, Louis Calas n'a rien répondu lorfqu'on lui a demandé la vérité de ce fait, outre qu'il a pu tenir ce difcours au hafard, ou par maniere de raillerie, comment Marc-Antoine Calas fe feroit-il fait recevoir Pénitent blanc, tandis qu'il ne s'eft jamais converti ? Et comment fe feroit-il converti, puifque perfonne ne l'a inftruit, ni préparé pour faire fon abjuration ?

C'eft ce qui doit également faire méprifer les

E iiij

difcours qu'on a mis dans la bouche du fieut Platte.
S'il eft vrai que Marc-Antoine Calas lui ait dit qu'-
il fe convertiroit, fi fes parens ne l'en empêchoient, on
n'en pourroit conclure autre chofe, tout au plus,
finon que la crainte de déplaire à fes parens l'auroit empêché de fe convertir, & en ce cas ce
feroit une nouvelle preuve qu'il ne fe feroit pas
converti en effet (*a*).

Quant au propos de Catherine Dolmiere, il fe
détruit de lui-même. Elle fait dire à Marc-Antoine Calas le 12 Octobre, qu'il doit fe confeffer le
14, & que fi on le fçavoit, il feroit . . . .
Eft-il croyable que Marc-Antoine Calas, s'il
craignoit réellement d'être maltraité, ou même
affaffiné pour fon prétendu changement de Religion, eût été choifir pour fa confidente, une femme de la lie du peuple, capable de falir fa bouche
par une expeffion auffi groffiere ? Se perfuadera-t-
on qu'un Profélyte qui devoit, dit-on, dans deux
jours faire fon abjuration, & recevoir le Sacrement de Pénitence & même celui de l'Euchariftie,
eût voulu employer lui-même un terme auffi indécent ? D'ailleurs, quelle confiance peut-on accorder à Catherine Dolmiere ? Cette femme fe
repréfente dans fa dépofition comme une nouvelle Convertie, & en conféquence Marc-Antoine Calas l'a exhortée, dit-elle, à éviter d'aller à
Montauban, dans la crainte qu'elle ne fût féduite.
Mais il a été prouvé par fon Extrait baptiftaire,
qui a été joint au Procès, qu'elle eft née Catholique, de parens Catholiques, dans la ville de Be-

(*a*) D'ailleurs un pareil propos de la part d'un jeune homme,
peut avoir été tenu par forme de raillerie, ou par politique. Si Marc-
Antoine Calas avoit été décidé à fe convertir, la prétendue réfiftance
de fes parens auroit-elle pu l'en empêcher ? Cette confidération
avoit-elle arrêté fon frere Louis Calas?

ziers, où il n'y a point de famille Proteſtante. Sa dépoſition eſt donc indigne de foi.

Mais en outre, quelle inconſéquence dans les diſcours qu'on attribue à Marc-Antoine Calas! Il ſeroit . . . . . . lui fait-on dire, ſi ſes parens ſçavoient qu'il voulût ſe convertir; & cependant on oſe dire qu'il n'a pas fait difficulté de déclarer ſa converſion à une vieille femme d'un Cuiſinier qu'il invite à venir manger la ſoupe chez ſes parens, en lui diſant qu'elle leur feroit plaiſir. Une telle confidence peut-elle ſe ſuppoſer, dans un cas où l'on veut faire entendre qu'il s'agiſſoit de la vie de Marc-Antoine Calas? Diſons donc (& c'eſt faire grace à la Cuiſiniere dont il s'agit) que cette vieille a rêvé, lorſqu'elle a tenu un pareil diſcours.

VENONS actuellement aux autres dépoſitions concernant le fait de la Catholicité.

On a déja fait voir avec quel mépris doit être rejettée la dépoſition du Valet du ſieur d'Aldiguier. La fauſſeté évidente de cette dépoſition ſuffiroit pour faire juger de toutes les autres.

On a voulu prouver par la dépoſition de deux Loueurs de chevaux (qu'on appelle à Toulouſe *Fenaſſiers*), que le 13 Octobre Marc-Antoine Calas étoit allé à Balma chez M. l'Archevêque de Toulouſe. L'un d'eux, appellé *Patu*, a dépoſé que « deux jeunes gens, dont l'un étoit Calas, » mais non celui qui étoit alors en priſon, lui de- » manderent le 13 Octobre, à neuf heures du ma- » tin, un cheval pour aller à Balma; & que n'en » ayant point, il les renvoya à Granier, autre » Fenaſſier ». Ce dernier & ſa femme ont dépoſé qu'en effet le même jour 13 Octobre, à neuf heures ou neuf heures & demie du matin, les deux jeunes gens vinrent lui demander un cheval pour aller à Balma. Le mari dit feulement que c'étoit pour parler à M. l'Archevêque, que l'un d'eux prit le cheval. Mais la femme va plus loin, & elle ajoute que celui qui prit le cheval n'étoit pas Calas.

Il eft évident que ces trois dépofitions ne font point à la charge des Accufés ; cependant, pour ne pas laiffer le moindre nuage fur un fait de cette nature, ils ont rendu compte de ce qui avoit donné occafion à ces dépofitions. Voici donc le fait tel qu'il eft. Le fieur Teyffere, de Villefranche, Étudiant en Droit, & qui eft lié avec Louis Calas, étoit chargé par fon pere de parler à M. l'Archevêque de Touloufe. Les deux jeunes gens dont parlent ces deux Fenaffiers, c'étoient, d'un côté, le fieur Teyffere, & de l'autre, Louis Calas. Le fieur Teyffere en a fourni fa déclaration certifiée par les Maire & Confuls de Villefranche.

Une demoifelle Marfalenc a dépofé que depuis le 13 Octobre elle avoit oui dire à la demoifelle Guychardet qu'elle s'appercevoit depuis trois ans que Marc-Antoine Calas avoit des difpofitions pour fe rendre, & qu'on l'avoit vû plufieurs fois à la Maifon Profeffe des Jéfuites, dans le confeffionnal du Pere Serane.

Trois obfervations démontreront la frivolité de cette dépofition.

1°. Ce n'eft qu'un oui-dire, & un oui-dire ne fit jamais preuve, fur-tout lorfqu'il s'agit de la vie des hommes.

2°. Suivant cette dépofition, c'étoit le Pere Serane qui confeffoit Marc-Antoine Calas à la Maifon Profeffe, tandis que, fuivant le Valet de fieur d'Aldiguier, c'étoit le fieur Laplagne qui le confeffoit dans la Paroiffe de la Dalbade. D'après de pareilles contradictions, quelle foi peut-on ajoûter aux témoignages dont on s'eft fervi pour condamner Jean Calas ?

3°. La demoifelle Guychardet, citée par la demoifelle Marfalenc, n'a point été confrontée aux Accufés. Il faut en conclure de deux chofes l'une, ou qu'elle n'a point été ouie dans les Informations, ce qui démontreroit que la demoifelle Marfalenc s'eft trompée en la citant ; ou que, fi elle a été ouie, elle a démenti le propos qu'on lui avoit prêté. Eh ! comment pourroit-on ne le pas croire, lorfqu'on fe rappelle que Marc-Antoine Calas n'a jamais eu ni Confeffeur, ni Directeur, ni Catéchifte ?

Suivant un Apprentif & une Servante du fieur Magneau, Louis Calas a dit dans la Boutique du fieur Magneau, depuis environ un an, que fon aîné & l'une de fes fœurs changeroient *dans peu*. Voilà encore un oui-dire ; mais quand ce propos de Louis Calas feroit vrai, on ne pourroit le regarder que comme un difcours hafardé mal-à-propos par ce jeune homme, d'autant plus que dans le fait aucune des fœurs de Louis Calas ne s'eft convertie.

Il feroit trop long de s'arrêter à toutes les autres dépofitions, qui ne contiennent rien de plus pofitif que ce qu'on vient de remarquer ; mais on ne peut s'empêcher, pour la fingularité du fait, de rapporter ici la dépofition de la nommée *Duber*. Cette femme a déclaré que Marc-Antoine Calas fe trouvant dans une tribune avec un jeune Penfionnaire Proteftant qui demeuroit chez les fieur & dame Calas, & ce jeune Proteftant ayant

gardé fon chapeau fur la tête pendant qu'on donnoit la Bénédiction, Marc-Antoine Calas lui prit
le chapeau & le jetta à terre, en lui difant, *ne
voyez-vous pas que notre Maître PASSE?* Qu'enfuite en fortant de l'Eglife il ferra la main à elle
Duber, comme pour la prier de tenir la chofe
fecrette.

Il y a une abfurdité frappante dans tout le con-
texte de cette dépofition, & fur-tout dans le propos que prête la Duber à Marc-Antoine Calas
pendant qu'on donnoit la Bénédiction. Suivant
cette femme, le jeune Penfionnaire Proteftant
gardoit fon chapeau fur la tête pendant qu'on
donnoit la Bénédiction. Pourroit-on croire cette
abfurdité? Dans une Ville comme Touloufe, &
par-tout ailleurs, cent perfonnes fe feroient éle-
vées à-la-fois contre l'impie qui auroit commis
une fi grande irrévérence, & la procédure reten-
tiroit de ce fcandale, & du mérite de Marc-Antoine Calas qui l'auroit réprimé. De plus, Marc-
Antoine Calas s'eft, dit-on, ouvertement déclaré
au Penfionnaire qui demeuroit chez lui, & affu-
rément il n'a pas acquis un droit fur fa difcrétion
en lui faifant un affront; cependant, ajoute-t-on,
ce même Marc-Antoine Calas prie humblement
une étrangere de n'en point parler à fa famille.
Il demande le fecret fur un fait qui s'étoit paffé,
pour ainfi dire, aux yeux de l'univers, dans une
Eglife remplie de peuple. Peut-on rien imaginer
de plus abfurde? on pourroit dire de plus *imbé-
cille*, & ce ne feroit pas fans raifon qu'on fe fer-
viroit de cette expreffion. Il eft certain qu'en effet
la Duber eft dans cet état, & les Accufés en ont
offert la preuve, ils en ont même cité des traits
qui fuffifoient pour caractérifer le perfonnage.

AJOUTONS une nouvelle réflexion qui prouve bien clairement que le 13 Octobre Marc-Antoine Calas ne pensoit à rien moins qu'à se convertir. Le sieur Mathei, Peintre, a déposé que ce jour-là, 13 Octobre, Marc-Antoine Calas étoit encore aux quatre Billards à sept heures du soir ; & l'on assure que plusieurs autres Témoins ont déposé qu'il avoit passé la même journée du 13 presque toute entiere, soit au Billard, soit au Jeu de Paulme.

Il n'est donc pas vrai que le lendemain 14 du même mois d'Octobre Marc-Antoine Calas dût faire son abjuration & recevoir la sainte Communion. Ce n'est point par de pareils exercices qu'on se prépare à des actes si solemnels de Religion.

On se flate d'avoir démontré que la prétendue conversion de Marc-Antoine Calas est une vraie chimere. De-là il s'ensuit incontestablement qu'il ne peut pas être vrai que ses pere & mere se soient portés à l'assassiner en haine de cette prétendue conversion ; cependant, pour ne rien obmettre dans une Cause aussi importante, on va discuter ici la partie des Informations qui concerne les menaces imputées à Jean Calas envers son fils aîné.

Sur les Menaces imputées à Jean Calas.

QUOI DONC ? dira-t-on, *des menaces !* N'y a-t-il rien de plus fort contre les Accusés ? Est-ce sur des menaces qu'on a jugé qu'un pere avoit assassiné son fils ? cela n'est pas possible.

Mais du moins, dira-t-on peut-être encore, si c'est sur des menaces qu'on a jugé un pere coupable d'un si grand crime, sans doute elles sont bien multipliées, sans doute elles sont prouvées par une grande quantité de Témoins, & ces Témoins sont des personnages les plus irréprochables & les plus dignes de foi.

D'ailleurs, sur quoi auroient porté ces prétendues menaces, s'il est vrai, comme on n'en peut douter, que Marc-Antoine Calas n'a jamais changé de Religion ? Dès-lors qu'il est prouvé qu'il ne s'est point converti, il s'ensuit nécessairement que ses parens ne l'ont ni menacé, ni encore moins assassiné en haine de sa conversion.

Ces réflexions, & bien d'autres, seront celles de tous ceux qui liront ce Mémoire ; mais avançons.

Quatre Témoins ont parlé des prétendues menaces faites par Jean Calas à son fils aîné.

Une Revendeuse associée de la nommée *Dandufe*, a dit qu'étant entrée à sept heures du matin dans le magasin du sieur Calas, quinze jours avant l'horrible avanture du 13 Octobre, elle trouva le sieur Calas pere tenant son fils au collet dans le magasin, & lui disant : *il ne t'en coûtera que la vie*; ou bien, *si tu ne changes, tu n'auras d'autre bourreau que moi*.

La Dandufe avoit accompagné, dit-elle, son associée jusqu'à la porte du sieur Calas. Elle entra dans la boutique du sieur Pouchelon, qui est vis-à-vis, & son associée lui rapporta ce qui s'étoit passé.

Le sieur Bergerot dépose que passant devant la maison du sieur Calas dans le milieu de la semaine avant la mort de Marc-Antoine, il vit le sieur Calas pere se promenant dans la boutique avec un homme habillé de gris, ayant un chapeau bordé, & disant, *s'il change de Religion, je le tuerai*.

Enfin le nommé *Mathei*, Peintre, a déposé que
sa femme lui a dit que la nommée *Mandrille* lui
avoit dit que dans une maison où elle achetoit de
la mousseline, une Demoiselle, qui n'étoit pas la
Marchande, & qu'elle ne reconnoîtroit pas, lui
avoit dit qu'elle avoit entendu le soir même de la
mort de Marc-Antoine Calas, que son pere lui
disoit : *si tu ne changes point, je t'étranglerai* ; que
Marc-Antoine Calas crioit : *Mon pere ! que vous
ai-je fait ? laissez-moi la vie.*

UNE FOULE d'observations se présente sur ces
dépositions.

1°. Celles de la nommée Danduse & de son
associée ne doivent être regardées que comme
une seule, puisque l'une n'est qu'un oui-dire de
l'autre.

2°. Chacune de ces dépositions est unique sur
chaque fait : elles contiennent toutes des faits différens. La déposition de la Danduse & de son
associée n'est point la même que celle du sieur
Bergerot, ni pour le fait, ni pour le jour que le
fait a dû se passer, & celle du sieur Bergerot est
tout-à-fait différente de celle du Peintre Mathei.
De pareilles dépositions ne peuvent donc mériter
aucune foi en Justice, car un fait ne peut être
prouvé que par la déposition uniforme de deux
Témoins.

3°. La nommée Danduse & son associée sont
reprochables, parce qu'elles avoient une cause
d'inimitié personnelle contre Jean Calas. Ce dernier avoit refusé depuis peu de leur prêter des indiennes. Il n'en faut pas davantage pour pousser
des femmes de cette espece à la vengeance.

4°. Les Accusés ont été instruits, & ils ont demandé à prouver que l'affociée de la Dandufe a dit depuis publiquement dans la Place de l'Hôtel-de-ville, un jour de Marché, que ce qu'elle avoit rapporté comme l'ayant vû & l'ayant entendu, elle ne le fçavoit que par oui-dire, & qu'elle fe repentoit de l'avoir dit.

Indépendamment de ces obfervations, il eft aifé de prouver que les dépofitions dont il s'agit ne méritent pas la moindre attention.

Eft-il croyable que Jean Calas eût pris fon fils au collet & lui eût fait des menaces auffi barbares dans fon magafin, aux rifques d'être furpris par ceux qui feroient entrés dans fa boutique, & d'être expofé aux regards des paffans ? Si le fait étoit vrai, Jean Calas auroit été apperçû de tous ceux qui étoient dans la boutique du fieur Pouchelon, qui eft placée en face de la fienne. La Dandufe elle-même qui étoit, dit-elle, dans la boutique du fieur Pouchelon, l'auroit vû & entendu, au lieu qu'elle n'a rapporté les prétendues menaces en queftion, que fur un oui-dire de fon affociée.

Mais d'ailleurs, ni la Dandufe ni fon affociée n'ont dit que les prétendues menaces de Jean Calas euffent pour objet la Religion. Il a été prouvé au Procès, & tous les jeunes gens de Touloufe fçavent que Marc-Antoine Calas étoit adonné avec fureur aux Jeux de Billard & de la Paulme. Le fieur Calas pere n'a pas même diffimulé dans fon Interrogatoire, que peu de jours avant le 13 Octobre il avoit fait à fon fils aîné, non dans la boutique ni dans le magafin, mais dans l'intérieur de la maifon, en préfence de fa famille, une affez vive réprimande fur fon attachement au Jeu de Billard, qui pouvoit le conduire à quelque chofe de pis. Seroit-il extraordinaire que ce même sujet eût porté ce pere à le menacer, & à lui dire, en le tenant au collet : *Il ne t'en coûtera que la vie ;* ou bien, *si tu ne changes, tu n'auras d'autre bourreau que moi ?* Un pere qui reprend son fils, qui veut le corriger d'une mauvaise habitude, mesure-t-il toujours ses termes ? Ces paroles, *je te tuerai, je t'étoufferai,* ne doivent pas être prises à la rigueur ; les personnes à qui elles échappent, ne pensent à rien moins qu'à tuer ceux à qui elles s'adressent. D'ailleurs ces paroles, *si tu ne changes, tu n'auras d'autre bourreau que moi,* indiquent clairement qu'il ne s'agissoit pas de la prétendue conversion de Marc-Antoine Calas ; autrement le pere auroit plûtôt dit à son fils, *si tu changes,* &c.

QUANT à la déposition du sieur Bergerot, elle paroît d'abord plus grave. *S'il change de Religion,* fait-on dire à ce Témoin, *je lui servirai de bourreau.* Mais la moindre réflexion démontre combien ce témoignage est frivole.

1°. C'est en passant dans la rue que le sieur Bergerot entend Jean Calas qui se promenoit, dit-on, dans sa boutique avec un Inconnu, tenir un propos aussi téméraire, aussi exécrable. On auroit dû au-moins garder les vraisemblances. De bonne foi, croira-t-on qu'un Protestant, toujours obligé à garder des mesures pour ne pas donner prise sur lui, ait été assez peu circonspect pour débiter une pareille menace dans sa boutique, assez haut pour qu'un passant pût l'entendre distinctement en marchant dans la rue ?

2°. Le sieur Bergerot est le seul qui ait rapporté ce fait, & son témoignage doit par conséquent être rejetté, avec d'autant plus de raison que ses

oreilles ont pu le tromper, & qu'il n'eſt pas même vraiſemblable que marchant dans une rue, il
ait pu ſaiſir exactement les propres paroles d'un
homme qui ſe promenoit dans ſa boutique en
cauſant avec un Etranger.

3°. Comparons la dépoſition du ſieur Bergerot avec celle de Catherine Dolmiere. Cette
femme dépoſe que le 12 Octobre Marc-Antoine
Calas lui avoit dit qu'il devoit faire ſon abjuration le 14, & que ſi ſes parens le ſçavoient, il
ſeroit... Par conſéquent le 12 Octobre les parens
de Marc-Antoine ignoroient encore ſon prétendu
projet de ſe convertir; car s'ils en euſſent été inſ-
truits, ſeroit-il poſſible, vû les diſpoſitions qu'on
leur ſuppoſe, qu'ils ne lui en euſſent pas fait des
reproches ? Or ſi les parens de Marc-Antoine Calas ignoroient encore le 12 Octobre le prétendu
projet de ſa converſion, comment ſe pourroit-il
faire que pluſieurs jours auparavant, Jean Calas
eût dit en parlant de ſon fils, *s'il change de Reli-*
gion, je lui ſervirai de bourreau ? Il faut néceſſairement que l'une de ces deux dépoſitions ſoit
fauſſe, ou plûtôt elles le ſont toutes les deux,
puiſque le fait qu'elles rapportent eſt entierement
hors de vraiſemblance.

VENONS maintenant à la dépoſition du Peintre
Mathei.

Cette dépoſition n'eſt évidemment qu'un vrai
galimathias digne d'un ſouverain mépris.

1°. C'eſt un oui-dire d'un oui-dire d'un autre
oui-dire. On laiſſe à penſer ſi une prétendue hiſtoire qui a paſſé, dit-on, par tant de bouches
différentes, n'a pas été altérée.

2°. Un oui-dire ne peut faire preuve, qu'autant

tant que le fait eſt confirmé par le témoignage de
ceux de qui on prétend l'avoir appris. Or la nommée Mandrille n'a point été aſſignée pour dépoſer ; ou ſi elle l'a été , on eſt en droit de dire
qu'elle a déſavoué le diſcours qu'on lui fait tenir,
puiſqu'elle n'a point été confrontée aux Accuſés.

3°. La Mandrille ne reconnoîtroit pas , dit-on,
la Demoiſelle qui avoit entendu le diſcours dont
il s'agit. Quoi de plus ſuſpect ? Il n'eſt donc pas
poſſible de remonter à la ſource ? Voilà donc un
propos en l'air , qui ne peut mériter l'attention
de la Juſtice. Mais s'il eſt vrai que cette Demoiſelle inconnue , & qu'on ne peut reconnoître ,
ait entendu les menaces de Jean Calas & les ſup-
plications prétendues de ſon fils , pourquoi ne
s'eſt-elle pas préſentée à révélation ſur la publication du Monitoire ? C'eſt donc une calomnia-
trice , ou une Chrétienne infidele. Quel cas peut-
on faire du propos qu'on lui attribue ?

4°. Si le propos de cette Demoiſelle a été réellement tenu dans une boutique où l'on achetoit
de la mouſſeline , comment tous ceux qui étoient
dans cette même boutique ne ſe ſont-ils pas préſentés à révélation ?

5°. Enfin , que ſignifie ce propos qu'on met
dans la bouche de Jean Calas , *ſi tu ne changes
point , je t'étranglerai ?* Il n'étoit donc pas queſtion
de Religion , car autrement Jean Calas auroit dit,
ſi tu changes. D'ailleurs cette expreſſion , *ſi tu ne
changes point*, eſt conditionnelle. Jean Calas n'auroit donc menacé ſon fils de l'étrangler , que dans
le cas où il ne changeroit point ; & cependant,
ſuivant cette dépoſition , il auroit paſſé ſur-le-
champ de la menace aux effets , ſans attendre le
le changement de ſon fils. Il n'eſt pas beſoin d'ê-

F

tre pere , il suffit d'être homme pour sentir l'absurdité d'une pareille déposition.

Les Accusés avoient demandé la preuve d'un
fait justificatif qui démontre bien clairement
la fausseté de toutes ces allégations ; sçavoir, que
le même jour 13 Octobre un Bourgeois de Toulouse , ami du sieur Calas , étant entré dans sa
boutique , le sieur Calas l'invita à souper ; que
de plus il lui ajouta que ses filles étoient chez le
sieur Tyssier ; qu'il lui proposa d'aller passer avec
elles la journée du Dimanche suivant, qu'il ameneroit sa femme , que lui ameneroit la sienne , &
que *sa jeunesse* seroit de la partie : ce qui fut ac-
cepté par le Bourgeois dont il s'agit.

Si Jean Calas avoit dès-lors formé l'affreux
projet d'assassiner son fils aîné , auroit-il invité
un Etranger à souper , & à venir le Dimanche
suivant avec *sa jeunesse* chercher ses filles chez
le sieur Tyssier ?

ON A DEJA parlé dans le récit des faits , de la
déposition du nommé *Cazeres* contre Jean-Pierre
Calas , second fils de Jean Calas. Il faut ici la répéter en entier.

Déposition
du nommé
Cazeres.

Ce Cazeres , homme de la lie du peuple , &
habitant de Montpellier , a dit que dans le mois
d'Août 1761 , étant Garçon chez le nommé *Bou*,
Tailleur d'habits , dons la boutique est dans la
grande Rue , où demeuroient les sieur & dame
Calas ; il vit entrer Jean - Pierre Calas dans la
boutique , un jour ouvrier. La femme du nommé
Bou étoit alors dans sa boutique , dit-il. Elle entend sonner la Bénédiction , & elle ordonne à ses
Garçons de l'aller recevoir. Alors , dit Cazeres ,
Jean-Pierre Calas prend la parole : *Vous ne pen-*

fe{, lui fait-on dire, *qu'à vos Bénédictions. On peut se sauver dans les deux Religions. Deux de mes freres pensent comme moi. Si je sçavois qu'ils voulussent changer, je serois en état de les poignarder ; & si j'avois été à la place de mon pere, quand mon frere Louis se fit Catholique, je l'aurois fait mourir.*

Voilà, dira-t-on peut-être, un fait grave. Oui sans doute, s'il est vrai ; mais s'il est faux, c'est une horrible imposture. Entrons dans l'examen.

1°. Cazeres, ancien Garçon Tailleur, est le seul qui ait déposé ce fait. Mais la femme du nommé *Bou* existe à Toulouse ; ainsi que les nommés *Capdeville* & *Guillaumet*, ses deux autres Garçons. Donc si l'on pensoit que Jean-Pierre Calas eût été capable de tenir un pareil discours dans une boutique de Tailleur, il falloit faire assigner ces trois personnes, pour s'assurer de la vérité par leurs témoignages. L'a-t-on fait ? c'est ce qu'on ignore. Mais ce qu'on sçait très-certainement, c'est que ni la femme du nommé Bou, ni ses deux autres Garçons, n'ont été confrontés aux Accusés ; par conséquent, s'ils ont déposé, leurs dépositions n'ont point été à la charge des Accusés, & au contraire ils ont démenti Cazeres.

Mais il y a plus : c'est un fait non moins certain, que quand on a parlé à la femme du nommé Bou & à ses deux Garçons, de la déposition de Cazeres, ils ont frémi d'horreur en entendant cette imposture, & qu'ils ont déclaré hautement qu'ils étoient prêts d'attester que c'étoit un affreux mensonge.

Ces faits ont été avancés par les Accusés dans leurs Mémoires fournis au Parlement de Toulouse. Par conséquent le Ministere public a été mis en état de s'assurer de la vérité d'un fait aussi important.

Ainsi, de deux choses l'une : ou la femme du nommé Bou & ses deux Garçons n'ont pas été assignés pour déposer dans les informations, & dans ce cas quelles plaintes ne peuvent pas faire les Accusés, qu'on ait négligé des témoignages aussi nécessaires ? Ou ces trois personnes ont été assignées, auquel cas on est en droit de dire qu'elles ont démenti la déposition de Cazeres, puisqu'elles n'ont pas été confrontées. Pourroit-on se persuader qu'on s'en fût tenu au seul témoignage d'un homme aussi vil, pour condamner une famille toute entiere, tandis qu'il étoit si facile de remonter à la source, & de recouvrer trois autres témoins plus dignes de foi ?

On n'entrera point ici dans la question de sçavoir pourquoi un témoin tel que Cazeres est venu exprès de Montpellier déposer contre le sieur Calas, tandis que dans la ville de Toulouse trois autres personnes pouvoient attester le même fait s'il étoit vrai. Voyons d'ailleurs si la déposition de Cazeres peut se soutenir par elle-même.

1°. La déposition de Cazeres est unique, & par conséquent elle ne peut faire preuve.

2°. Cazeres fait dire à Jean-Pierre Calas : *On peut se sauver dans les deux Religions. Deux de mes freres pensent comme moi. Si je sçavois qu'ils voulussent changer, je serois en état de les poignarder.* Hé quoi ! auroit-on pu lui dire, la Foi catholique est bonne, puisque, suivant vous, on peut s'y sauver, & vous poignarderiez, qui ? des freres, pourquoi ? parce qu'ils embrasseroient cette Foi que vous croyez bonne. Eh ! si cette Foi est bonne, pourquoi poignarder ceux qui l'embrassent ?

3°. Eſt-ce dans la boutique d'un Tailleur, en préſence de quatre perſonnes Catholiques, que Jean-Pierre Calas auroit tenu un propos ſi inſenſé? Tout le monde ſçait combien les Proteſtans ſont circonſpects dans leurs diſcours & dans leurs actions. C'eſt une maxime parmi eux de ne jamais parler de Religion ni en bien ni en mal, mais ſurtout à des Catholiques. Comment donc Jean-Pierre Calas ſe feroit-il laiſſé emporter ſans la moindre raiſon à une déclamation auſſi outrée, auſſi répréhenſible, vis-à-vis de quatre perſonnes qui devoient naturellement lui être ſuſpectes? c'eſt ce qui ne peut ſe ſuppoſer.

MAIS, a-t-on dit (car que n'a-t-on point dit?) la Religion Proteſtante permet & autoriſe le meurtre des enfans par les peres; Calvin l'a ainſi enſeigné dans ſes Inſtitutions chrétiennes; c'eſt la doctrine de Genève, on l'a prêchée dans le Bas-Languedoc. Sur la doctrine de Calvin.

Il faut l'avouer, on eſt devenu bien clairvoyant dans la doctrine de Calvin, depuis qu'il a été queſtion de l'affaire des malheureux Calas. En 1542 la Sorbonne, qui fit la cenſure de l'Inſtitution chrétienne, n'y apperçut point cette maxime abominable. En 1545 le Concile de Trente anathématiſa en détail toutes les différentes erreurs de Luther, de Calvin, & de tous les autres prétendus Réformateurs dont l'Europe étoit alors inondée. Aucun de ces anathèmes n'a de rapport au meurtre des enfans par leurs peres. Il étoit reſervé à nos jours de trouver dans la Foi Proteſtante une nouvelle erreur que n'ont point trouvée la Sorbonne, le Concile de Trente, les Duperron, les Arnaud, les Nicole, & tant d'autres

F iij

grands hommes qui ont confacré leurs veilles à écrire contre cette Secte.

Les Confeils & l'Académie de Genève, par un motif de compaffion pour les Accufés, ont bien voulu fe prêter jufqu'à fe juftifier d'une imputa-tation qu'ils fçavoient bien ne leur avoir été faite que par la plus vile populace. Ils ont donné des déclarations de leurs fentimens dans la forme la plus authentique, & dans lefquelles ils ont ex-primé énergiquement combien ils ont en horreur les principes que quelques infenfés avoient ofé attribuer à la Religion de Calvin ; ces déclara-tions ont été produites au Procès.

Il n'eft donc pas vrai que la Religion de Calvin enfeigne aux peres à tuer leurs enfans, ni aucuns autres, en haine de la Religion ; & comment cela pourroit-il être ? Combien n'y a-t-il pas de famil-les où le mari eft Proteftant & la femme Catholi-que, le mari Catholique & la femme Proteftante, le pere & la mere Proteftans & les enfans Catho-liques ? Il y a mille exemples que des enfans Ca-tholiques ont été avantagés par leurs peres & meres Proteftans, autant & même plus que ceux qui pratiquoient leur Religion : les Accufés en ont cité dans leurs Mémoires au Parlement trois exemples dans la Province de Languedoc, outre ceux dont ils n'avoient pas connoiffance.

Concluons de-là que Jean Calas & Jean-Pierre Calas fon fils ne trouvoient dans leur croyance aucun motif de menacer Marc-Antoine Calas en haine de fa prétendue converfion, & bien moins encore de l'affaffiner pour le punir de cette con-verfion chimérique, qui n'a jamais exifté que dans les premiers préjugés de la populace de Touloufe.

*Sur les menaces & les mauvais traitemens imputés
à Jean Calas pere envers Louis son fils.*

Dans l'affreuse position où se sont trouvés les
Accusés, à qui on imputoit un crime dont il n'y
avoit aucune preuve, il leur a fallu répondre de
toutes les circonstances de leur vie, & le soupçon jetté sur eux, a fait donner les couleurs les
plus noires à ce qui dans tout autre tems n'auroit
pas excité la moindre attention.

Une des principales circonstances de la vie de
Jean Calas, ç'a été la conversion de Louis son
troisieme fils. Avant que d'entrer dans l'examen
des dépositions des témoins au sujet des menaces
& des mauvais traitemens qu'on a prétendu que
cet enfant avoit éprouvés de la part de son pere,
il est nécessaire d'apprendre aux Magistrats & au
Public de quelle maniere s'est opérée cette conversion.

Louis Calas nous apprend lui-même par sa
déclaration signée de lui, datée du 2 Décembre
1761, que la Servante de son pere a été l'un des
principaux instrumens de sa conversion. Instruit
d'ailleurs par des personnes zélées, & déterminé
à faire son abjuration, il eut l'indiscrétion de com-
poser un Placet adressé à M. l'Intendant du Languedoc, par lequel il supplioit ce Magistrat d'obtenir des ordres du Roi pour le faire séquestrer
avec ses deux sœurs & son frere Louis-Donat.

Il se disposoit à présenter ce Placet, lorsque se
trouvant dans le magasin de son pere, il le laissa
tomber par mégarde de sa poche. Marc-Antoine
son frere aîné s'en saisit; il fit de vifs reproches à
Louis; & ce dernier craignant d'en essuyer de pa-

reils de la part de ſes pere & mere , quitta auſſi-
tôt la maiſon paternelle pour n'y plus rentrer.

Dans cet état il s'adreſſa à M. de Lamotte ,
Conſeiller au Parlement , qui voulut bien ſe char-
ger d'annoncer ſa converſion à Jean Calas pere.
Quelle fut la réponſe de Jean Calas ?

La voici en propres termes , telle qu'elle eſt
rapportée par ſon fils lui-même. *J'approuve la
converſion de mon fils , ſi elle eſt ſincere. Prétendre
gêner les conſciences , ne ſert jamais qu'à faire de par-
faits hypocrites , qui finiſſent par n'avoir aucune Religion.* Une réponſe auſſi modérée annonçoit les
diſpoſitions de Jean Calas pere , & elle s'accorde
bien avec les principes des Proteſtans qu'on vient
d'expoſer il n'y a qu'un moment. Effectivement il
fit remettre ſans difficulté à M. de Lamotte le linge
& les habits de Louis Calas , & il chargea ce Magiſtrat d'une ſomme d'argent pour l'entretien de
ſon fils , juſqu'à ce qu'il eût pu prendre des arran-
gemens ultérieurs.

Il paroît par la réponſe de Jean Calas , qu'il
avoit ſoupçonné des motifs humains dans la converſion de Louis ſon fils , & la ſuite ne ſervit qu'à
autoriſer ce ſoupçon. Il eut lieu de croire en effet que ſon fils vouloit profiter de l'occaſion pour
le forcer à lui faire un établiſſement qui étoit
alors au-deſſus de ſes forces.

Ce qu'il y a de certain , c'eſt que depuis la
ſortie de Louis Calas de chez ſon pere , il n'y ren-
tra plus , & qu'il ſe retira chez le ſieur Barrau ,
au quartier des Polinaires.

Il étoit queſtion d'aſſurer le ſort du nouveau
converti. M. le Procureur-Général du Parlement
de Toulouſe , de concert avec M. de Lamotte ,
manda à cet effet Jean Calas. Il fut convenu que

ce dernier payeroit pour fon fils un apprentiffage chez un Marchand Catholique de la ville de Nifmes. Le pere préféroit cette Ville à celle de Touloufe, parce que les apprentiffages y font moins chers. La modicité de fon commerce, le nombre de fes enfans, & les malheurs des tems, rendoient cette économie bien excufable. Auffi M. de Cruffol, alors Archevêque de Touloufe, entra-t-il dans des vûes auffi fages, & il déclara à Louis Calas, ainfi que M. le Procureur-Général, qu'il falloit fe difpofer à partir.

Malgré l'autorité de perfonnes auffi refpectables, Louis Calas s'obftina à vouloir refter à Touloufe, fous prétexte que fa foi, encore chancelante, feroit fujette à de trop fortes épreuves dans une Ville telle que Nifmes, toute remplie de Proteftans.

Ainfi, pour éviter d'être forcé de fe rendre à Nifmes, il prit le parti de demeurer caché pendant deux mois chez les demoifelles Laroque & Peyre, perfonnes Catholiques. Du fond de cette retraite il continua de négocier auprès de M. de Cruffol; & ce Prélat, vaincu par fes inftances, décida enfin qu'il refteroit à Touloufe, fe chargeant de trouver une place au même prix de 400 liv. que celle de Nifmes devoit coûter. En conféquence Jean Calas s'exécuta promptement en, remettant 400 liv. à M. l'Archevêque pour l'apprentiffage de fon fils.

L'année fuivante, Louis Calas s'avifa de demander une penfion pour fon entretien, & en outre une fomme de 600 liv. pour payer les dettes qu'il avoit contractées. Le fieur Borel, ancien Capitoul, fe chargea de cette propofition. Jean Calas pere trouva fon fils chez lui : il l'embraſſa avec tendreſſe ; il accorda 100 liv. de penſion pour ſon entretien , & les 600 liv. pour l'acquit de ſes dettes ; ajoutant que *pourvû que ſon fils continuât de ſe bien conduire, & qu'il fût ſage* (ce ſont ſes propres termes) , *il feroit pour lui plus qu'il ne penſoit.*

Dépoſitions des Témoins. D'APRÈS ce détail , on voit que bien des perſonnes très-reſpectables ſe ſont mêlées de la converſion de Louis Calas , & de l'arrangement de ſes intérêts vis-à-vis de ſon pere , & certainement ſi ce jeune homme avoit éprouvé des mauvais traitemens dans la maiſon paternelle , il n'auroit pas manqué de confier ſes craintes & ſes allarmes à ceux qui avoient bien voulu entrer ſi avant dans ſes intérêts ſpirituels & temporels.

Eſt-il quelqu'un , de toutes les perſonnes qu'on vient de nommer , qui ſe ſoit préſenté à révélation , & qui ait dépoſé des prétendus mauvais traitemens imputés à Jean Calas ? Il n'y a pas lieu de croire , & on peut même aſſurer qu'il n'en eſt point , puiſque de pareils témoins n'ont point été confrontés aux accuſés. Sur quoi eſt donc fondée cette imputation odieuſe ? Elle eſt fondée ſur les dépoſitions de quelques autres témoins , dont on va voir le détail.

Le premier , c'eſt une Couturiere. Suivant cette femme , Louis Calas lui a dit que quand il ſe convertit , ſon pere le tint enfermé pendant quinze jours dans une cave , les pieds nuds.

La demoiſelle Marſalenc a dépoſé qu'elle avoit oui dire la même choſe , *& même pis* , mais elle n'a nommé perſonne.

Le ſieur Mirepoix , aſſocié du ſieur Cromaria , Notaire , a dépoſé avoir entendu dire à Louis

Calas qu'il fut obligé de se cacher au commencement de sa conversion, & de changer de gîte
trois fois ; que s'il retournoit à la maison paternelle, peut-être. . . . . . Le témoin prétend
que Louis Calas s'est arrêté là ; mais il ne craint
pas d'interpréter lui-même cette prétendue réticence, & il ose l'expliquer, en disant que Louis
Calas entendoit qu'on le feroit mourir.

La demoiselle Durand & l'Abbé Durand son
fils, ont dit que Louis Calas avoit couru risque
d'être assassiné depuis sa conversion.

Le sieur Nougayrol, Commis du sieur Seguier,
a déposé que Jean-Pierre Calas lui avoit dit que
son frere Louis s'étoit fait donner une pension,
parce qu'il avoit changé de Religion ; qu'il la
payeroit.

Suivant le sieur Gleizes, la Servante du sieur
Calas a dit dans la boutique du sieur Cazes, qu'elle
avoit tenu la main à Louis Calas quand il se convertit, de peur qu'on ne se fâchât.

Enfin un Apprentif du sieur Magneau a déposé
que Louis Calas avoit laissé tomber de sa poche
un Placet qui déceloit sa prochaine conversion ;
qu'un de ses freres l'ayant trouvé, Louis Calas
sortit aussi-tôt de la maison, & la quitta totalement ; & que la Servante de Jean Calas avoit
dit que la famille étoit si fâchée, qu'ils cherchoient par-tout Louis Calas, & qu'ils le tueroient peut-être, s'ils le trouvoient.

UNE Couturiere a été la confidente de Louis
Calas sur les mauvais traitemens qu'il a éprouvés, dit-on, de ses parens ; & Louis Calas n'en
auroit rien dit, ni à M. de Lamotte, ni au sieur
Borel, ni à tant d'autres personnes graves qui

ont concóuru à fa converſion, qui ſe ſont intéreſ-
ſées de ſi près à ſon établiſſement ? le croira-t-on ?

Mais d'ailleurs cette Couturiere, ainſi que le
ſieur Mirepoix, qui prétendent tenir ces oui-dire
de Louis Calas, ces deux témoins ſont démentis
par Louis Calas lui-même, tant dans ſa déclaration, que dans le Mémoire qu'il a fourni au
Parlement de Toulouſe. Seroit-on aſſez injuſte
pour vouloir faire valoir des oui-dire, au préju-
dice de la déclaration contraire de celũi de qui
l'on prétend les tenir ?

Un fait certain, dont les Accuſés ont demandé
la preuve, qui eſt même atteſté par l'Apprentif
du ſieur Magneau, & qui pourroit l'être encore
bien plus authentiquement par des témoins plus
dignes de foi, c'eſt qu'auſſi-tôt que Louis Calas
vit ſes deſſeins découverts par la chûte inopinée
du Placet qu'il deſtinoit pour M. l'Intendant, il
quitta ſur-le-champ la maiſon paternelle, où il
n'eſt jamais rentré. Il eſt donc faux que ſon pere
l'ait tenu priſonnier pendant quinze jours dans
une cave, les pieds nuds, en haine de ſa converſion. C'eſt par la voie de M. de Lamotte, Conſeiller au Parlement, que cette converſion lui a
été annoncée, & la modération de ſa réponſe à
ce Magiſtrat, prouve aſſez combien il étoit in-
capable d'uſer de pareilles rigueurs envers ſon
fils.

EXAMINONS encore plus en détail les dépoſitions dont il s'agit.

1°. La dépoſition de la Couturiére eſt unique :
car on ne peut regarder celle de la demoiſelle
Marſalenc comme un ſeconde dépoſition ſur le
même fait, puiſque ce n'eſt qu'un oui-dire. S'il

en étoit autrement, on conçoit que d'oui-dire en oui-dire un feul & même témoignage fe multiplieroit à l'infini.

2°. Il y a une contradiction manifefte entre le témoignage de cette Couturiere, celui du fieur Mirepoix, & celui de l'Apprentif du fieur Magneau. En effet, fuivant le fieur Mirepoix, & fuivant l'Apprentif, Louis Calas fut obligé de fe cacher dès le commencement de fa converfion, & il quitta totalement la maifon paternelle auffi-tôt qu'il eut laiffé tomber de fa poche le Placet qui manifeftoit fon prochain changement. Il eft donc impoffible, encore une fois, que fon pere l'ait tenu pendant quinze jours renfermé dans une cave, les pieds nuds.

3°. C'eft une témérité puniffable de la part du fieur Mirepoix, d'avoir ofé interpréter de fon chef la prétendue réticence qu'il attribue à Louis Calas ; un pareil trait de méchanceté fuffit pour faire rejetter fon témoignage avec indignation. D'ailleurs il eft démenti formellement par Louis Calas lui-même, dans fon Mémoire juftificatif, page 8, où ce jeune homme attefte qu'il n'a été queftion, entre lui & le fieur Mirepoix, que de trouver des moyens convenables pour qu'il ne fût point léfé dans le projet de fociété qu'il avoit formé, & dont les réflexions de fon pere arrê-toient l'effet. Lequel doit-on croire, ou du fieur Mirepoix qui s'ingere d'interpréter à fon gré la penfée de Louis Calas, ou du fieur Calas lui-même, qui explique fi naturellement & fi pofiti-vement ce qui s'eft paffé entr'eux ?

4°. Il eft bien fingulier, pour ne dien dire de plus, que la demoifelle Durand & fon fils ofent avancer au hafard *que Louis Calas a couru rifque d'être assassiné depuis sa conversion.* Par qui ont-ils appris cette étrange nouvelle ? c'est ce qu'ils n'expliquent point, & ce qu'ils auroient cependant dû expliquer, puisqu'autrement leur déposition est nulle, suivant le sentiment des plus célébres Auteurs, qui attestent comme une doctrine universelle & sans contradiction, qu'un témoin qui ne dit point comment il a connu la chose dont il dépose, ne fait ni preuve ni indice. Mais encore par qui Louis Calas a-t-il pensé être assassiné ? La demoiselle Durand & son fils n'ont pas eu l'audace de prétendre que ce fût par sa famille. Leur déposition ne signifie donc rien ; car Louis Calas peut avoir eu des ennemis, & certainement sa famille doit être la derniere soupçonnée d'un pareil attentat.

Au reste, on doit observer ici que la demoiselle Durand & son fils ont été reprochés par les Accusés, comme leurs ennemis personnels, & la malignité de leur déposition suffiroit seule pour faire voir que ce n'a pas été sans raison.

5°. Quand à la déposition du sieur Nougayrol, outre qu'elle est unique, & par conséquent indigne de foi, que peut-il d'ailleurs en résulter ? *Mon frere Louis,* fait-on dire à Jean-Pierre Calas, *s'est fait donner une pension, parce qu'il a changé de Religion, il la payera.* Quelque sens qu'on veuille donner à ces mots, *il la payera,* est-il raisonnable de penser que Jean-Pierre Calas ait voulu dire par-là qu'il falloit assassiner son frere ? Des hommes de bon sens adopteront-ils jamais une interprétation aussi barbare ?

6°. *La Servante,* dit le sieur Gleizes, *a dit qu'elle avoit tenu la main* (a) *à Louis Calas quand il*

—————————

(a) C'est une expression familiere à Touloufe, qui signifie qu'on se prête pour faciliter une chose, & pour la faire secrette.

se convertît, de peur qu'on ne se fâchât. Il résulte de-là deux choses qui vont pleinement à la décharge des Accusés. L'une, que la Servante qui prenoit des précautions pour empêcher qu'on ne se sachât contre Louis Calas, n'a eu garde assurément de se prêter à l'assassinat de Marc-Antoine, en haine de sa prétendue conversion. Elle étoit donc innocente, & par conséquent tous les autres Accusés étoient innocens : on l'a démontré dans le cours de ce Mémoire. La seconde, c'est que cette fille en tenant la main à Louis Calas, est parvenue à faire ensorte qu'on ne se fâchât point, c'est-à-dire, qu'elle est parvenue à dérober à ses parens la connoissance de sa conversion. Donc il n'est pas possible de croire qu'on l'ait tenu enfermé pendant quinze jours dans une cave, les pieds nuds.

7°. Enfin le propos que l'apprentif du sieur Magneau attribue à cette même Servante, *que la famille étoit si fâchée, qu'ils cherchoient par-tout Louis Calas, & qu'ils le tueroient peut-être, s'ils le trouvoient ;* ce propos est si manifestement déraisonnable, qu'il doit être regardé comme absurde. Qu'on se rappelle qu'aussi-tôt après être sorti de la maison paternelle, Louis Calas se jetta, pour ainsi dire, dans les bras de M. l'Archevêque, de M. le Procureur Général & de M. de Lamotte, Conseiller au Parlement, & qu'on juge si, indépendamment de toute autre considération, il est possible de supposer que la famille de Louis Calas ait eu la moindre idée d'attenter sur les jours d'un jeune homme qui s'étoit mis sous la sauve-garde de trois personnes aussi puissantes.

Mais ce n'est pas la seule réflexion dont cette déposition soit susceptible.

D'abord, la dépofition de ce jeune Apprentif n'eft qu'un prétendu oui-dire de la Servante, qui a été démenti par elle, & qui par conféquent ne peut faire aucune foi.

En fecond lieu, fi cette Servante avoit eu affez mauvaife opinion de fes maîtres pour penfer qu'ils fuffent capables de faire affaffiner Louis Calas en haine de fa converfion, comment cette fille auroit-elle ofé refter dans leur maifon, elle qui avoit contribué à la converfion de ce même Louis Calas ? Ne perdons pas de vûe qu'elle eft toujours demeurée inviolablement attachée à fes maîtres, qu'elle en a toujours été bien traitée, & qu'elle étoit encore avec eux lors de l'horrible cataftrophe de leur fils aîné. Comment pourroit-on croire qu'ils l'euffent gardée & bien traitée, s'ils euffent été auffi intolérans qu'on veut le faire croire ?

En troifieme lieu, enfin s'il étoit vrai que la Servante eût tenu un pareil propos dans la boutique du fieur Magneau, on voudroit fçavoir pourquoi l'un de fes Apprentifs eft le feul qui en ait dépofé. Un difcours de cette nature tenu dans une boutique, n'auroit-il été entendu que de ce jeune garçon ? C'eft ce qu'on ne perfuadera à perfonne.

JUSQU'A PRÉSENT on a démontré que les faits antérieurs à la mort de Marc-Antoine Calas, ne fourniffent ni preuves ni indices contre les Accufés.

1°. Il eft faux que Marc-Antoine Calas fe fût converti, ou qu'il dût fe convertir. On a donné des preuves certaines du contraire. Donc fon pere ne l'a pas affaffiné en haine de la Réligion Catholique ; il en étoit d'ailleurs d'autant plus éloigné,

éloigné, que la morale proteftante, bien loin
d'autorifer le meurtre pour caufe de Religion,
condamne au contraire toute efpèce de violence
qui tendroit à gêner les confciences.

2°. Il eft faux que Jean Calas pere ait menacé
Marc-Antoine fon fils aîné ; & quand il lui auroit fait quelque vive reprimande fur fa conduite, il feroit affreux d'en conclure qu'il eût voulu
lui ôter la vie.

3°. Il n'eft pas moins faux que Jean Calas ait
maltraité ou menacé fon troifieme fils Louis, en
haine de fa converfion. On en a démontré l'impoffibilité par plufieurs raifons, & entr'autres, parce
qu'il eft certain & prouvé qu'auffi-tôt que la converfion de Louis Calas a été connue, il eft forti
de la maifon paternelle, & n'y eft jamais rentré
depuis.

ON N'A PAS eu befoin de combattre deux autres faits hafardés dans le Monitoire, la prétendue *délibération tenue dans une maifon de la Paroiffe
de la Daurade*, & l'exécution de cette exécrable
délibération, *en faifant mettre Marc-Antoine Calas à genoux* *. Chofe étrange, que la fureur du
fanatifme ait été jufqu'à inventer d'auffi noires
calomnies, & que le dénonciateur n'en ait pas
lui-même fenti l'abfurdité ! De plus de 150 Témoins qui ont été entendus dans les informations,
pas un feul n'a ofé prêter fon témoignage pour
appuyer cette horrible méchanceté. Eh ! comment auroient-ils pu en dépofer ? Quelqu'un auroit-il pu avoir des connoiffances fur les circonftances de la mort de Marc-Antoine Calas, tandis
que les Capitouls qui fe font tranfportés dans la
maifon, fçavent qu'il n'y avoit alors que cinq

* Voyez le
Monitoire.

G

personnes, qui toutes ont été mises au rang des Accusés ? Croira-t-on d'ailleurs qu'un jeune homme de 28 ans, fort & robuste, ait été assez docile ou plûtôt assez stupide, pour se laisser pendre sans résistance, après qu'on l'auroit *fait mettre à genoux ?*

Concluons de-là que deux faits pareils, allégués dans le Monitoire dont il s'agit, bien loin de charger les Accusés, ne servent au contraire qu'à mettre dans un plus grand jour l'esprit de prévention & d'enthousiasme qui a guidé leurs Accusateurs.

Il reste encore un fait antérieur à la mort de Marc-Antoine Calas qui mérite d'être éclairci. C'est de sçavoir si Marc-Antoine Calas a soupé avec sa famille le jour de sa mort.

Marc-Antoine Calas a-t-il soupé avec les Accusés le jour de sa mort ?

Les Accusés l'ont déclaré unanimement lors de l'interrogatoire qu'ils ont subi après leur emprisonnement, & ce fait est prouvé par le Procès-verbal du sieur Lamarque, Chirurgien, tout nul qu'il est, puisqu'il en résulte au moins que ce Chirurgien a trouvé dans l'estomach de Marc-Antoine Calas, une humeur grisâtre, avec une peau que le Chirurgien a cru être de volaille, & une quantité d'enveloppes de raisins. Ce rapport s'accorde avec la déclaration du sieur Lavaysse & des autres Accusés dans leurs interrogatoires, qui portent que le défunt avoit mangé à son soupé un quartier de pigeon & deux grapes de raisin.

Cependant, on a prétendu contester le fait de ce soupé sous différens prétextes.

Le premier, que le Chirurgien la Marque, en differtant fur les regles phyfiques de la digeftion, a jugé que dans l'état où étoient ces alimens, ils devoient avoir été pris depuis trois ou quatre heures, & qu'il lui a même paru qu'il y avoit du bœuf parmi ces alimens.

L'illufion de ce rapport eft frappante, indépendamment des nullités qu'il renferme. Il n'appartient en effet qu'à un Chirurgien ignorant de prétendre décider en général combien il faut de tems pour digérer les alimens, & jufqu'à quel point ils peuvent être digérés dans l'efpace de trois ou quatre heures. Tout le monde fçait que la digeftion s'opere en plus ou moins de tems, fuivant que les eftomachs font plus ou moins bien difpofés; enforte que tel peut faire fa digeftion dans deux heures, pendant qu'un autre ne l'aura pas faite en quatre heures, en fix heures, & même dans un efpace de tems plus confidérable. Il ne réfulte donc autre chofe de ce rapport, finon que les Accufés ont dit la vérité en déclarant que Marc-Antoine Calas avoit foupé avec eux; & à l'égard du rapport du fieur la Marque, on a démontré furabondamment par une confultation de deux Médecins & de deux Chirurgiens, que fa décifion n'eft fondée que fur l'ignorance, & qu'on ne peut y avoir aucun égard.

Le fecond prétexte ne mérite pas une longue difcuffion. Le fieur Lavayffe a déclaré que les pigeons qui furent fervis à fouper étoient apprêtés au fang, tandis que tous les autres Accufés ont déclaré qu'ils étoient apprêtés à l'ail. Voilà, on l'ofe dire, une vraie minucie: ces deux fauces font piquantes & brunes. Le fieur Lavayffe a pu aifément fe tromper fur l'apprêt de ces pigeons;

quelle conféquence voudroit-on en tirer?

Un troifieme prétexte, c'eft que le fieur Calas fils & le fieur Lavayffe interrogés à l'Hôtel-de-Ville dans quelle chambre ils avoient trouvé Marc-Antoine Calas à l'heure du foupé, ont répondu que *c'étoit dans la chambre près l'efcalier*; & que le fieur Calas pere interrogé au Parlement dans quelle chambre étoit fon fils aîné, a répondu, *dans celle, je crois, où nous mangeons*.

Voilà encore une minucie bien finguliere. L'expreffion, *je crois*, employée par le fieur Calas pere, fait voir qu'il ne fe rappelloit pas exactement dans quelle chambre étoit fon fils à l'heure du foupé. Une telle circonftance eft-elle donc un objet affez important dans une famille, pour qu'il ne foit pas permis à un pere d'en perdre le fouvenir? Il feroit au contraire fingulier que le fieur Calas pere fe la fût rappellée exactement au bout de deux mois, & fur la fellette.

On doit dire la même chofe du quatrieme prétexte, pris de ce que Jean Calas a dit que fon fils aîné étoit forti de table avec tous les autres, & qu'il étoit même refté encore demi-heure avec eux dans la chambre où l'on paffa en fortant de table; au lieu que tous les autres Accufés ont déclaré qu'il étoit forti de table avant la fin du foupé.

Que la condition d'un Accufé eft malheureufe! la moindre inattention lui eft imputée, & l'on conclud à rigueur contre lui des moindres bagatelles. Quoi donc! prétendra-t-on qu'à une table compofée de cinq perfonnes, un pere, occupé à faire politeffe à un Etranger, ait dû abfolument prendre garde fi l'un de fes enfans eft forti avant ou après le foupé? Pourroit-on exiger, fur-tout après deux mois de captivité, qu'un pere accablé de ses malheurs dût se rappeller avec précision un fait de cette nature, qui par lui-même est tout-à-fait indifférent ? Dans dix familles où pareille chose arriveroit à un soupé, il n'y auroit peut-être pas deux peres qui ne fussent embarrassés à répondre, s'ils étoient interrogés une demi heure après. L'attention qu'on a eue dans le Public de relever ces miseres, fait bien voir combien les Accusés ont été fermes & uniformes dans leurs autres déclarations.

Une preuve convaincante que Marc-Antoine Calas a réellement soupé avec sa famille, c'est que tous les Accusés ont exposé de la même maniere dans quel ordre ils étoient rangés à table, sans qu'il y ait eu à ce sujet la moindre variation entr'eux.

D'ailleurs, pourquoi a-t-on tant cherché à persuader que Marc-Antoine Calas n'avoit point soupé avec sa famille ? c'est qu'on en tiroit la conséquence qu'il avoit péri dans l'après-midi ; au moyen de quoi on sauvoit en quelque maniere l'absurdité de l'accusation résultante de ce que le sieur Lavaysse, qui étoit certainement innocent, & dont l'innocence assuroit celle de tous les autres Accusés, étoit du nombre des convives. Mais il ne peut plus être question de prétendre que Marc-Antoine Calas ait péri dans l'après-dîné, non-seulement par les raisons qu'on vient d'exposer, mais encore parce que dans les nouvelles informations il est survenu des dépositions qui détruisent absolument cette idée.

On a vû en effet que, suivant le sieur Mathei, Peintre, Marc-Antoine Calas étoit encore au Billard à sept heures du soir. D'un autre côté, la

demoiselle Champlatreux & sa servante ont déposé que le même jour, vers la même heure,
Marc-Antoine Calas avoit accompagné jusques
dans la cuisine de la demoiselle de Champlatreux
deux demoiselles de Caraman. On assure que
d'autres Témoins ont déposé que depuis les sept
heures du soir le même Marc-Antoine Calas s'é-
toit chargé, par ordre de sa mere, d'aller ache-
ter du fromage de Roquefort : il est donc hors de
doute qu'il n'est point mort dans l'après-dîné, &
que lorsqu'il est mort le sieur Lavaysse étoit dans
la maison.

ON SE FLATE d'avoir écarté les indices qu'on
a prétendu faire résulter contre le sieur Calas pere
& les autres Accusés, des faits antérieurs à la
mort de Marc-Antoine Calas. Il s'agit maintenant
d'examiner en détail les circonstances de ce funeste événement.

Comme il étoit impossible qu'il se trouvât aucun Témoin qui pût dire avoir vû comment la
chose s'étoit passée, on a eu recours à de vains
raisonnemens ; & l'argument qu'on a fait le plus
valoir contre les Accusés, ç'a été de dire qu'il
étoit impossible que Marc-Antoine Calas se fût
pendu lui-même. C'est ce qu'on va examiner.

Est-il impossible que Marc-Antoine Calas se soit pendu lui-même ?

Pourquoi, dira-t-on sans doute, le Public de
Toulouse s'est-il si fort attaché à une question de
cette nature ? Est-ce que quand bien même il seroit impossible que Marc-Antoine Calas se fût
pendu lui-même, il s'ensuivroit infailliblement

qu'il eût été pendu par son pere, par sa mere, par son frere, par son ami, par une Servante Catholique qui l'avoit élevé dès sa plus tendre enfance? Des voleurs, des ennemis cachés n'auroient-ils pas pu commettre ce crime? A-t-on vérifié qu'il n'y eût personne de caché dans la maison, que personne ne s'en fût évadé? Est-ce à un pere à prouver qu'il n'a point pendu son fils, & ne faudroit-il pas au contraire des preuves plus claires que le jour pour le supposer coupable d'un si affreux attentat?

Tous les gens sages feront ces réflexions; mais elles ne suffisent pas pour une famille qui veut faire rétablir la mémoire d'un pere & d'un époux condamné injustement. Il faut démontrer qu'il n'y avoit aucune impossibilité que Marc-Antoine Calas eût attenté à ses jours.

ON A VOULU prouver cette prétendue impossibilité par deux raisons principales. *Prétendues raisons d'impossibilité.*

La premiere, qu'on ne doit pas présumer qu'un homme opere sa propre destruction.

La seconde, que la disposition des lieux & les instrumens de la mort de Marc-Antoine Calas démontrent, dit-on, qu'il n'a pas pu se pendre lui-même.

LA PREMIERE raison est notoirement frivole. *Sur la premiere raison.* Combien n'a-t-on pas vû de gens qui se sont défaits sans qu'on en puisse deviner aucun motif? N'allons point les chercher, ces exemples, chez une Nation voisine, où cette espece de manie est plus fréquente que par-tout ailleurs. La France, & notamment les villes de Paris & Toulouse, nous détromperont de cette erreur par des exem-

G iiij

ples malheureusement trop répétés & trop publics.

Mais, dira-t-on, Marc-Antoine Calas n'avoit point de chagrins qui puffent le porter à cette fureur contre lui-même.

L'Auteur de l'Esprit des Loix a répondu d'avance à cette objection, en parlant des Anglois nos voisins. Les hommes, dit ce célebre Magistrat, se tuent sans qu'on puisse imaginer aucune raison qui les y détermine. Ils se tuent dans le sein du bonheur, & cela par l'effet d'une maladie qui tient à l'état physique de la machine, & qui est indépendante de toute autre cause. Qui peut pénétrer d'ailleurs l'abîme du cœur humain ?

Au reste est-il donc si difficile d'imaginer quels étoient les chagrins de Marc-Antoine Calas ? Ce jeune homme avoit desiré d'être Avocat, & il se voyoit déchu de l'espérance de parvenir à cet état. Il avoit ensuite fait proposer à son pere de lui former une société de Commerce ; mais dans la langueur où est le Commerce depuis la guerre, celui du sieur Calas lui fournissoit à peine de quoi soutenir sa famille ; il avoit donc été forcé de refuser son fils. Quelle douleur pour une tête vive & ambitieuse, d'être réduit, à l'âge de vingt-huit ans, à travailler tristement dans un comptoir, tandis qu'il en voyoit d'autres plus jeunes que lui, former des établissemens & se soutenir par leurs propres forces ! A ces considérations, qu'on joigne la déposition de Me Challier, Avocat ; qu'on joigne encore la déclaration du sieur Lavaysse, qu'en entrant chez le sieur Calas il y trouva Marc-Antoine assis dans un fauteuil, la tête appuyée sur le coude & enseveli dans une profonde rêverie, l'on n'aura pas de peine à se

perfuader qu'il rouloit dans fa tête le funefte projet qu'il devoit exécuter peu de tems après.

D'ailleurs fi le Monitoire avoit été fait à charge
& à décharge, comme il devoit l'être, ceux qui
connoiffoient particulierement Marc-Antoine Calas, auroient dépofé que les plus noires Tragédies
plaifoient feules à fa trifte imagination ; que Sid-
nei étoit fa piece favorite, & qu'il s'extafioit en
récitant le fameux monologue de Schakefpear
fur le fuicide.

Enfin, lorfqu'on fe rappelle qu'un mois avant
fa mort il étoit déterminé à paffer à Genève pour
revenir en France faire le métier de Prédicant,
& courir un rifque évident de fe faire pendre,
eft-il donc fi difficile d'imaginer qu'un jeune
homme de ce caractere ait exécuté fur lui-même
ce qui pouvoit être la fuite d'un pareil projet ?

LA SECONDE RAISON qu'on oppofe pour foutenir qu'il étoit impoffible que Marc-Antoine Calas fe fût pendu lui-même, n'eft pas plus folide
que la précédente.

Sur la fe-
conde rai-
fon.

D'abord on voudroit fçavoir fur quoi l'on a
fondé cette prétendue impoffibilité. A-t-on fait
vifiter les lieux, ainfi que les inftrumens qui ont
fervi à la mort funefte de Marc-Antoine Calas,
par des Experts nommés dans une forme juridique ? Non : on affure feulement, chofe incroyable, que le fieur David a pris fur lui de faire faire
par le Maître des hautes œuvres, une vérification clandeftine, d'après laquelle il s'eft répandu
un bruit dans la Ville, qu'il étoit impoffible que
le défunt fe fût pendu lui-même. Mais en fuppo-
fant (ce qui n'eft nullement prouvé) que cet
odieux Expert ait déclaré cette prétendue impof-

fibilité, une pareille déclaration, dont il n'exifte aucun acte judiciaire, auroit-elle pu fervir de bafe à la condamnation d'un pere, & même de tout autre Accufé?

Les Accufés, dans leur Mémoire au Parlement de Touloufe, ont articulé un fait bien pofitif, & qui démontroit clairement le contraire de ce qu'on avoit voulu perfuader. C'eft que le lendemain de la mort de Marc-Antoine Calas, avant que les inftrumens de fa mort euffent été tranfportés à l'Hôtel-de-Ville, des jeunes gens furent curieux de faire l'expérience du fait, en fe fufpendant par les mains à la corde ; que cette expérience fut faite également par les Soldats qui étoient confignés dans le magafin, & que les uns & les autres reconnurent que la prétendue impoffibilité étoit une vraie chimere.

Mais il faut démontrer que réellement il étoit très-poffible que Marc-Antoine Calas fe pendît lui-même, & que la difpofition des lieux n'y formoit aucun obftacle. Les Lecteurs font fuppliés d'écouter patiemment ce détail, trifte & funefte en lui-même, mais que l'importance de l'Affaire rend indifpenfable.

C'EST UN FAIT certain, qui a été déclaré unanimement par le pere, le frere, & le fieur Lavayffe, que Marc-Antoine Calas fut trouvé pendu entre les battans de la porte qui conduit de la boutique au magafin ou arriere-boutique.

Quoique le fieur David, lors de fa premiere defcente, ait négligé de faire la defcription des lieux & d'en conftater l'état, cependant il paroît convenu que la porte a neuf *pans* de hauteur, ce qui revient à fix pieds un pouce huit lignes un

quart (*a*) , & qu'elle a quatre pans & demi de largeur , autrement trois pieds un pouce & quelques
lignes.

Les battans de la porte font compofés de barreaux jufques vers le milieu. Ils étoient d'ailleurs
garnis de rideaux dans toute la hauteur des barreaux , & il y avoit fur ces battans un nombre
confidérable de bouts de ficelles , dont Jean Calas
fe fervoit pour l'ufage de fon cemmerce.

Le billot (*b*) auquel Marc - Antoine Calas a
été trouvé fufpendu , a quatre pans & demi , ou
trois pieds dix lignes un huitieme de longueur.

A l'égard de la corde , on a prétendu à l'Hôtel-de-Ville , quoique fans preuve juridique , que
cette corde avoit un nœud coulant à chaque
bout ; que les deux nœuds étoient paffés autour
du col de Marc-Antoine Calas , & que la longueur de la corde , d'un nœud à l'autre , étoit de
cinq pans quatre pouces.

Enfin on a prétendu que le corps de Marc-Antoine Calas avoit de hauteur cinq pieds quatre
pouces cinq lignes.

Ces faits fuppofés , eft-il donc fi difficile de fe
repréfenter un homme qui paffe la tête dans les
deux nœuds coulans , les ajufte à fon col , paffe
un billot au refte de la corde , monte fur une
chaife , rapproche les deux battans , y appuye le
billot , s'accroche avec les mains , foit au billot ,
foit aux deux battans de la porte , rejette loin de
lui la chaife d'un coup de pied , fe laiffe aller enfuite , & fe pend ?

Veut-on fuppofer que la chofe fe foit paffée

(*a*) *Nota.* Le pan de Touloufe eft de huit pouces deux lignes & un
quart.

(*b*) On a déja dit que le billot eft un bâton cylindrique , dont
on fe fert pour ferrer les balles de marchandifes.

autrement? c'eſt ce que perſonne ne peut ſçavoir; mais il eſt très-poſſible que Marc-Antoine
Calas, ſans le ſecours d'aucune chaiſe, ſe ſoit
pris fortement aux barreaux avec les mains;
qu'il ait appuyé ſes pieds à droite & à gauche ſur
les gonds; qu'il ſe ſoit ſoulevé par ce moyen; &
qu'après avoir poſé le billot, il ſe ſoit laiſſé aller.

ON NE S'ARRÊTERA pas à relever ici pluſieurs
minucies qu'on a oppoſées aux Accuſes, pour
combattre la poſſibilité que Marc-Antoine Calas
ſe ſoit pendu lui - même. On ſe bornera à par-
courir quelques objections qui pourroient paroître mériter quelqu'attention.

On a prétendu que la porte ayant quatre pans
& demi de largeur; & le billot quatre pans &
demi ſeulement, le billot n'avoit pas pû être
poſé ſur les deux battans.

La réponſe eſt auſſi ſimple que juſte. Quoique
la porte fût trop large, il ſuffiſoit de rapprocher
les deux battans de deux pouces & demi de chaque côté; il n'en falloit pas davantage pour pouvoir y appuyer le billot.

Et qu'on ne diſe pas qu'en rapprochant ainſi
les deux battans, ils n'auroient plus eu de ſta-
bilité. C'eſt un fait certain au contraire qu'ils en
ont eu davantage, parce qu'en cet endroit ils
touchent à terre, ce qui rend la porte dure à
fermer.

Au moyen de ce rapprochement, il reſtoit au
malheureux Marc-Antoine Calas beaucoup plus
d'eſpace qu'il ne lui en falloit entre les deux battans, pour pouvoir ſe pendre, puiſque cet eſpace
étoit encore de plus de trois piéds, ce qui ſur-
paſſe de beaucoup la largeur d'un jeune homme.

de vingt huit ans. A quoi il faut ajouter que ce jeune homme avoit dépouillé son habit, qui fut trouvé plié à côté de lui, en sorte qu'il n'avoit que sa largeur naturelle.

EN VAIN a-t-on dit que le billot auroit roulé, sous prétexte qu'il est rond, & qu'en rapprochant les battans on leur faisoit perdre leur à-plomb.

1°. La pesanteur du corps d'un homme suffisoit & au-delà pour assujettir le billot & l'empêcher de rouler.

2°. Les bouts de ficelle rangés sur les battans de la porte, ont dû concourir encore à assujettir le billot. D'ailleurs Marc-Antoine Calas a pu relever les rideaux & poser le billot par-dessus, au moyen de quoi il aura été aussi stable qu'il pouvoit l'être.

3°. Quoique le billot soit rond, il est certain néanmoins qu'il est applatti par l'un de ses bouts, ce qui suffit pour l'avoir empêché de rouler.

4°. Enfin, quoique les battans ayent perdu de leur à-plomb, il est constant que leur inclinaison n'est pas de deux lignes à prendre sur le total de la largeur de la porte, ce qui ne fait pas un cinquantieme de ligne pour l'endroit où le billot appuyoit.

Une pareille inclinaison pouvoit-elle produire le moindre effet, sur-tout le billot étant assujetti par le poids du corps d'un jeune homme de vingt-huit ans ?

MAIS, a-t-on dit, Marc-Antoine Calas n'auro t pas tardé à se repentir après s'être lancé ; il se seroit repris avec les mains au billot auquel il étoit suspendu.

Si cela étoit, il est à croire que de tous ceux qui se sont pendus de desespoir ou autrement, aucun n'auroit jamais péri ; car il est difficile de penser que le repentir ne les eût saisis, s'il leur eût resté quelqu'instant pour la réflexion. Mais il est décidé par les Maîtres de l'Art, « qu'au moment » qu'un homme est suspendu par le col, la corde » pressant la trachée-artere, les carotides & les » veines jugulaires, cet homme est perclus de » tous ses sens. Et qu'on ne pense point (ajoutent » ces hommes éclairés) que ce soit l'affaire de » quelques minutes ; l'instant même dans lequel » le retour & la circulation du sang sont empê- » chés, est celui de la perte de tous les sens. L'ef- » fet est le même que celui d'une violente apo- » plexie, ou celui que produit l'eau sur un noyé ». Ce sont les expressions de deux Médecins & de deux Chirurgiens, dont les Accusés ont produit le certificat au Parlement de Toulouse.

UNE PREUVE invincible que Marc-Antoine Calas s'est pendu lui-même, c'est qu'il a été trouvé pendu ; car il est impossible qu'il l'ait été par d'autres que par lui-même : quelques réflexions suffisent pour le démontrer.

1°. Nulle meurtrissure, nulle égratignure sur son corps, nul dérangement dans sa chevelure, nulle trace de sang sur sa chemise ni ailleurs.

2°. Son habit plié à côté de lui, prouve qu'il s'est pendu avec réflexion & avec précaution.

3°. Qu'on fasse attention combien il auroit fallu d'hommes, & de la plus grande force, pour pendre malgré lui un jeune homme de vingt-huit ans, fort & robuste. Il auroit fallu lui passer les deux nœuds coulans au col, lui ajuster le billot, l'élever & le guinder, pour pofer & appuyer le billot fur les deux battans, qui par eux-mêmes étoient trop ouverts pour la largeur du billot. Croira-t-on de bonne foi qu'un jeune homme à la fleur de fon âge, eût fouffert des opérations fi multipliées, fans faire la plus vive & la plus longue refiftance? A peine y auroit-on réuffi en le liant & en le garottant, & l'on fera parvenu à le fufpendre entre deux battans, en lui laiffant la liberté de tous fes membres * ?

ON A SENTI fans doute qu'il y avoit de l'abfurdité dans une pareille fuppofition. Auffi les ennemis des Accufés fe font-ils retournés, en alléguant que Marc-Antoine Calas avoit été étranglé en lui ferrant le col au moyen du billot paffé dans la corde, comme on ferre une balle de marchandifes. Mais cette calomnie eft aifée à détruire.

1°. Il n'y auroit eu gueres moins de difficulté à étrangler Marc-Antoine Calas, en le ferrant avec un billot, qu'à le fufpendre entre les deux battans de la porte. La réfiftance auroit été la même.

2°. Le Médecin & les Chirurgiens, auteurs du premier Procès-verbal de vifite, & qui avoient examiné l'état extérieur du cadavre, ont dit expreffément que Marc-Antoine Calas étoit mort fufpendu. Et comment auroient-ils pu le déclarer autrement?

Si ce jeune homme avoit été étranglé, l'im-

_____

(a) NOTA. On n'a jamais prétendu que Marc-Antoine ait été lié & garotté; fi cela eût été fait, les marques en feroient demeurées fur fes membres, & les ennemis du fieur Calas n'auroient pas manqué de s'en prévaloir.

preſſion de la corde auroit été horiſontale dans toute la circonférence du col ; elle auroit été vive, pénétrante dans les chairs, & le nœud coulant auroit fait une meurtriſſeure conſidérable au derriere, ou dans quelqu'autre partie du col.

C'eſt ce qui ne s'eſt point trouvé. Il eſt de fait que l'impreſſion de la corde, après avoir parcouru la partie antérieure du col, remonte le long des oreilles, d'où elle aboutit à la partie ultérieure de la tête, à l'*occiput* (*a*). N'eſt-ce pas là le tableau de ceux qui meurent par ſuſpenſion ?

3°. Si Marc-Antoine Calas avoit été étranglé avec un billot, la corde auroit été tordue, & elle en auroit conſervé les marques. Mais il eſt certain qu'elle a été trouvée ſans torſion.

Si ce malheureux avoit été étranglé par torſion, le Médecin & les Chirurgiens l'auroient facilement reconnu au premier coup d'œil ; car tout le monde ſçait que quand un homme à été étranglé, il a la langue tirée, le viſage horriblement éfiguré, & la bouche ſouillée par la ſalive & la lymphe qui s'extravaſe avec abondance dans un moment auſſi violent.

5°. Enfin la déclaration unanime faite par le ſieur Calas pere, Jean-Pierre Calas ſon fils, & le ſieur Lavayſſe, tant dans leur intérrogatoire après l'écroue, que dans le cours de la procédure ; cette déclaration qui ne peut avoir été concertée, puiſque dès l'inſtant de leur empriſonnement, toute communication leur a été interdite avec la plus grande rigueur, eſt une

(*a*) Quand bien même la corde auroit fait une impreſſion horiſontale autour du col, outre celle qui remonte vers les oreilles, il ne s'enſuivroit autre choſe, ſinon que Marc-Antoine Calas auroit commencé par paſſer la corde autour du col, de derriere en avant, & qu'il l'auroit enſuite repaſſée de devant en arriere.

nouvelle

nouvelle preuve que Marc-Antoine Calas eſt mort pendu, & non pas étranglé.

Et qu'on ne prétende pas faire valoir contre les Accuſés la réponſe qu'ils avoient d'abord faite dans leur interrogatoire d'office à l'Hôtel-de-Ville, qu'ils avoient trouvé le corps de Marc-Antoine Calas étendu par terre dans le magaſin. En effet, outre que cette déclaration ne contredit point le fait de la ſuſpenſion, il eſt facile de concevoir le motif qui les a portés à taire un ſi triſte évenement. Bien éloignés de croire qu'on leur imputât un meurtre auſſi exécrable, ils n'ont eu d'autre objet dans ce moment que de ſauver l'honneur de la famille. Eh ! quel eſt le pere qui dans de pareilles circonſtances ne chercheroit pas à cacher un évenement dont la publicité l'expoſeroit à voir traîner dans les rues, avec ignominie, le cadavre de ſon malheureux fils ? Si les Accuſés ont commis une faute en cette occaſion, cette faute, dictée par l'humanité, a été plus que réparée par les réponſes qu'ils ont faites dans les interrogatoires juridiques qu'on leur a fait ſubir ; réponſes dans leſquelles il n'y a pas eu la moindre variation durant tout le cours de la procédure.

INDÉPENDAMMENT de toutes ces raiſons, combien de circonſtances qui démontrent qu'il n'eſt pas poſſible que les Accuſés ayent ni pendu ni étranglé Marc-Antoine Calas ?

Laiſſons à part pour un moment les qualités de pere, de mere, de frere, d'ami & de domeſtique catholique. Si ces cinq perſonnes euſſent formé entr'elles le projet de faire périr Marc-Antoine Calas, auroient-elles choiſi un genre de mort qui devoit néceſſairement être précédé d'un long

H

combat, & accompagné de cris capables d'attirer le concours de tout le peuple, tandis qu'il leur auroit été si facile d'exécuter un aussi horrible complot, soit en étouffant Marc-Antoine Calas dans son lit, soit en lui donnant du poison?

Auroient-ils commis cet attentat dans une boutique & à l'entrée de la nuit, dans la rue la plus peuplée de Toulouse, lorsque tous les Citoyens font encore dans les rues & les Marchands dans leurs boutiques?

Il est constant que les Accusés ont soupé ensemble le 13 Octobre, & l'on ne peut pas douter, d'après leurs réponses unanimes, que Marc-Antoine Calas n'ait soupé avec eux. Ce seroit donc après avoir soupé tranquillement avec ce malheureux fils, qu'ils auroient exécuté sur lui un attentat aussi barbare.

Mais ce n'est pas assez. Après ce cruel assassinat, ils auront eux-mêmes attiré le concours du peuple par leurs cris & leurs sanglots; l'un aura été chercher un Chirurgien, l'autre aura couru chez un Assesseur, & tous ensemble, par leurs mouvemens & leurs démarches, auront donné lieu à une descente des Capitouls dans la maison. A qui persuadera-t-on que des gens qui auroient exécuté de sang froid une action aussi dénaturée, & qui auroient soupé tranquillement ensemble avant que de l'exécuter, se fussent aussi mal concertés pour échapper à la punition?

On a prétendu trouver quelque contradiction à ce sujet dans les interrogatoires des Accusés.

« Le pere, dans l'interrogatoire après le decret
» à l'Hôtel-de-Ville, interrogé qui avoit coupé
» la corde, a répondu ne pas sçavoir si le sieur

» Lavaysse ou son fils l'avoit coupée. Par-là, dit-
» on, il suppose que le sieur Lavaysse étoit pré-
» sent quand le corps fut dépendu, & le sieur La-
» vaysse a déclaré qu'il ne l'étoit pas. Il suppose
» que son fils avoit été à portée du corps, & le
» fils a dit qu'il étoit derriere son pere à une cer-
» taine distance. Il suppose encore que la corde
» avoit été coupée, & au contraire Jean-Pierre
» Calas a dit qu'elle ne l'avoit pas été, ce qui
» s'est effectivement trouvé vrai ».

Ces prétendues contradictions ne paroîtront
telles qu'à ceux qui ne connoîtront pas le cœur
d'un pere. Comment pourroit-on exiger que cet
infortuné, à la vûe d'un spectacle aussi horrible,
& qui l'a transporté hors de lui-même, se rap-
pellât distinctement si la corde avoit été coupée,
par qui elle avoit été coupée, si son fils étoit
derriere lui, ou s'il étoit devant ou à côté ?

Jean Calas ne dit pas que la corde ait été coupée ; mais sur la demande qui lui est faite par un
Magistrat, *par qui la corde a été coupée*, il suppose
qu'elle l'a été en effet, & en conséquence il répond qu'il ne sçait si ç'a été par le sieur Lavaysse
ou par son fils.

Au reste il n'est pas difficile de concevoir que
Jean Calas ait ignoré si la corde avoit été coupée
ou si elle ne l'avoit pas été. Qu'on se représente
ce pere accourant avec précipitation aux cris du
sieur Lavaysse & de Jean Pierre Calas. A la vûe
de son fils suspendu, il se jette avec transport sur
le corps de ce malheureux. Le mouvement qu'il
donne au cadavre en le soulevant, fait rouler le
billot & tomber le cadavre. Croira-t-on que dans
un moment aussi douloureux, un pere ait examiné pourquoi le cadavre étoit tombé, si c'étoit

parce qu'on avoit coupé la corde, ou parce que
le billot avoit roulé ?

 « Jean-Pierre Calas, dit-on encore, n'a pas pu
» dire si la corde étoit simple ou double. Il a dit
» que les pieds de son frere touchoient presqu'à
» terre, tandis que, suivant les Capitouls, le
» corps devoit être à deux pans ou seize pouces
» deux lignes du sol ».

 Quelle puérilité ! Une famille désolée va-t-elle
examiner toutes les circonstances d'un cas aussi
abominable, avec la froide curiosité d'un étran-
ger ? S'occupe-t-on de calculs & de dimensions
géométriques dans des momens aussi violens ?
Jean-Pierre Calas a la vûe basse, le magasin &
la boutique n'étoient éclairés que par une seule
lumiere, les Accusés ne voyoient le cadavre qu'a-
vec des yeux troublés par la douleur & le désespoir. Qu'ils se soient trompés sur la distance plus
ou moins grande des pieds, qu'ils n'ayent pas
distingué si la corde étoit simple ou double, quelle
conséquence en voudroit-on tirer ?

 Il est bon cependant d'observer que la déclaration de Jean-Pierre Calas s'est trouvée juste,
& que ce sont les Capitouls qui se sont trompés
dans leurs calculs. En effet, suivant les Capitouls
eux-mêmes, le corps de Marc-Antoine Calas
ayant cinq pieds quatre pouces cinq lignes de
hauteur, cela fait huit pans & demi-pouce, &
non pas, comme on l'a supposé à l'Hôtel-de-
Ville, sept pans cinq pouces quelques lignes.
Supposons avec les Capitouls que distraction faite
de la tête, & en ne comptant que depuis le nœud
coulant de la corde, il ne restât de cette hauteur
que sept pans, il faudra ajouter à ces sept pans

la longueur qu'avoit la corde doublée depuis le col jusqu'au billot, ce qui reviendroit au moins à huit pans ; par conséquent la hauteur de la porte n'étant que de neuf pans, le corps de Calas suspendu ne se seroit trouvé qu'à un pan de distance au-dessus du sol, encore même faudroit-il supposer que les pieds n'étoient pas roidis, comme ils le font presque toujours lorsque quelqu'un meurt suspendu ; ce qui devoit rapprocher le cadavre du sol au moins de trois pouces. On doit aussi considérer que Jean-Pierre Calas voyant les pieds de son frere de haut en bas, ils ont dû lui paroître plus rapprochés de terre.

Les mêmes raisons doivent servir à expliquer ce qui a été dit par le sieur Lavaysse, que le corps de Marc-Antoine Calas étoit directement sous le ceintre de la porte. D'ailleurs il est si aisé de comprendre comment ce jeune homme a pu se tromper sur un fait de cette nature. Les deux battans de la porte étoient rapprochés, le corps étoit suspendu à un billot appuyé sur ces deux battans ; de cette maniere le corps étant placé dans l'ouverture de la porte, & par conséquent fort près du ceintre, le sieur Lavaysse, qui n'a vû ce triste objet qu'à la lueur d'une chandelle, a pu croire aisément que le corps étoit directement sous le ceintre. Il faut d'ailleurs se rappeller qu'il n'eut pas plûtôt mis le pied dans la boutique avec Jean-Pierre Calas, qu'à l'aspect du cadavre, il recula plein d'horreur, pour appeller le pere & courir ensuite chez un Chirurgien.

CONCLUONS de toutes ces réflexions, non-seulement qu'il est très-possible que Marc-Antoine Calas se soit pendu lui-même, mais encore qu'il

H iij

faudroit renoncer aux lumieres de la raison, pour n'être pas persuadé que c'est réellement lui-même qui s'est pendu.

Est-il besoin après cela d'examiner les dépositions des témoins qui se sont ingérés de rapporter leurs visions & leurs oui-dire au sujet de la mort de Marc-Antoine Calas ? On doit être persuadé dès-à-présent qu'elles ne méritent que du mépris. Ne négligeons pas cependant de les discuter ; dans une affaire aussi grave rien ne doit être obmis.

Sur les dépositions des Témoins concernant les circonstances de la mort de Marc-Antoine Calas.

On commencera par les Témoins entendus dans les premieres informations, après quoi l'on examinera ceux qui se sont présentés dans la nouvelle information faite en exécution de l'Arrêt du Parlement du 5 Décembre dernier.

Témoins entendus dans les premieres Informations.

La Servante du sieur Ducassou étoit, dit-elle, dans une chambre au second étage, occupée à coucher un enfant. Elle a entendu à neuf heures & demie Marc-Antoine Calas criant *au voleur, on m'assassine, on m'étrangle.*

Le nommé *Popis*, garçon Passementier chez le sieur Maison, a aussi entendu les mêmes cris du second étage.

Trois freres Tailleurs ont rapporté que le nommé *Espaillac*, garçon Perruquier, leur avoit dit qu'il avoit entendu les mêmes cris.

Pour confondre ces Témoins, il suffiroit d'observer qu'il n'est pas possible qu'une fille occupée à coucher un enfant, & un homme, quel qu'il soit, ayent pu entendre distinctement du second étage la voix de Marc-Antoine Calas dans une boutique fermée, ni encore moins diftinguer les paroles de ce malheureux, fur-tout les maifons dont il s'agit étant placées de l'autre côté de la rue, non pas vis-à-vis la maifon du fieur Calas, mais un peu à côté. Les Accufés, dans leurs dé-fenfes au Parlement de Touloufe, ont foutenu fortement que cela étoit impoffible, & ils ont fupplié leurs Juges d'en faire faire l'expérience; la Caufe étoit affez intéreffante pour qu'on ne dût pas s'y refufer en cas de befoin.

Mais non, cette expérience étoit inutile ; il fuffit de fçavoir qu'à neuf heures & demie Marc-Antoine Calas étoit déja mort depuis deux heu-res : or c'eft ce qui eft conftaté entr'autres par la dépofition du fieur *Gorfe*, garçon Chirurgien, qui a fait le premier la vifite du corps. Il a rapporté qu'on étoit allé le chercher vers les neuf heures & demie, & qu'en arrivant il avoit déja trouvé le corps affez froid pour juger qu'il étoit mort de-puis environ deux heures.

A la même heure de neuf & demie le fieur *Delpech* & le fieur *Brouffe* heurtent, attirés par les plaintes & les cris qui fe faifoient entendre dans la maifon. Ils entrent, & ils trouvent que le corps étoit tellement froid, que la bouche fe fermoit comme par un reffort.

Le nommé *Caffecure* trouve également le corps froid à la même heure.

Efpaillac garçon Perruquier, & *Mirande* Tail-leur, entendent auffi à la même heure les plaintes & les cris de la famille.

Suivant le fieur *Gourdin* & la demoifelle *Mar-feillan*, une nombreufe compagnie étoit affem-blée devant la porte des demoifelles Brandela.

Aucun n'a rapporté qu'il fût parti le moindre

bruit de la maison du sieur Calas jusqu'au même moment de neuf heures & demie, que les plaintes & les cris de la famille se firent entendre.

Si l'on a fait assigner le sieur *Cazeing* & le sieu *Clausade*, qui furent appellés par la famille aussi tôt qu'elle eut connoissance de la malheureuse fin de Marc-Antoine Calas, ils ont dû déposer, aussi-bien que les précédens, qu'à neuf heures & demie ou dix heures le corps étoit froid, & que Gorse avoit estimé qu'il devoit être mort depuis deux heures.

Enfin, quelqu'irrégularité qui ait accompagné la premiere visite faite par le Médecin & les Chirurgiens appellés par le sieur David, il n'est pas possible de croire qu'ils ayent manqué à dire dans leur rapport s'ils ont trouvé le cadavre froid. Il est vrai qu'on a dit dans le public qu'ils lui avoient trouvé quelque reste de chaleur ; mais outre que le plus ou le moins de chaud ou de froid est chose respective, & que ce qui paroît extrêmement froid à l'un, peut ne le pas paroître autant à l'autre, c'est d'ailleurs une chose connue des Médecins & des Chirurgiens, que les corps conservent quelquefois un reste de chaleur cinq ou six heures après la mort.

MAIS pour faire mieux sentir combien on doit faire peu de cas des dépositions de *Popis* & de la Servante du sieur Ducassou, il ne faut que les rapprocher des dépositions des autres Témoins.

A la même heure un autre garçon Passementier étoit à la même fenêtre à côté de Popis ; ce garçon rapporte qu'il a entendu crier dans la maison du sieur Calas, *ah mon Dieu ! ah mon Dieu ! ah mon Dieu !* Quelle différence ! L'un entend crier au voleur, on m'aſſaſſine, on m'étrangle ; l'autre entend, *ah mon Dieu ! ah mon Dieu !* Faut-il une preuve plus évidente de l'infidélité de Popis & de la Servante du ſieur Ducaſſou, ou du déréglement de leur imagination ?

Ajoutons à cette dépoſition du camarade de Popis, ce qu'a dit le ſieur Delpech, « Qu'on » crioit, qu'on ſe déſeſpéroit, que c'eſt ce qui » l'attira à la porte ; qu'ayant heurté & demandé » à Jean-Pierre Calas, qui vint ouvrir, ce que » c'étoit, il répondit avec tranſport : *Mon Dieu !* » *mon ami, viens voir mon frere mort* ». Ce que le le ſieur Delpech ajoute, « Que la dame Calas, » pâle & tremblante, ne vouloit pas recevoir de » conſolation ». Ce que dit la demoiſelle Pouchelon, « Que le pere & la mere crioient ſans ceſſe, » *ah mon Dieu ! ah mon Dieu* » ! Ce que dit le ſieur Gorſe, « Que la mere pleuroit beaucoup ; » que le pere pleuroit auſſi, ſe déſeſpérant d'un » pareil malheur. Ce que dit Mirande, Tailleur, » Qu'une voix pleuroit dans le fond du magaſin, » en répétant ſouvent, *ah mon Dieu ! ah mon* » *Dieu* » ! Ce qu'ajoute la Servante de la demoiſelle Pouchelon, « Que les plaintes durerent au-» delà de demi-heure ». Enfin ce que dit le nommé Caſſecure, « Qu'il vit le pere bien affligé ; » qu'il lui dit dans ſon idiome : *Vous êtes bien affli-* » *gé, Monſieur* ; à quoi le ſieur Calas répondit : » *Eh ! comment ne le ferois-je pas ? mon fils eſt* » *mort* ». Toutes ces dépoſitions combinées avec celles de Popis & de la Servante du ſieur Ducaſſou, démontrent avec la derniere évidence que ſi ces deux Témoins ont pu entendre quelque choſe, ce n'étoient pas les cris de Marc-Antoine Calas, mort deux heures auparavant, mais les cris de fa famille ; cris de douleur & de defefpoir, dont la violence a attiré tout le voifinage , & a donné lieu à la defcente des Capitouls.

A L'ÉGARD des trois Freres Tailleurs, à qui le nommé Efpaillac , garçon Perruquier, a dû dire qu'en paffant devant la maifon du fieur Calas il avoit diftingué la voix & les cris de Marc-Anioi- ne, quel cas peut-on faire d'une pareille dépofi- tion ?

1°. Ce n'eft qu'un oui-dire , qui ne peut par conféquent faire preuve.

2°. Quand bien même Efpaillac , garçon Per- ruquier, auroit tenu ce difcours aux trois Freres Tailleurs, ce feroit un propos que ce jeune hom- me auroit pu débiter à ces trois Freres, par légé- reté , ou pour avoir quelque chofe à leur dire. Seroit-il jufte de faire valoir contre des accufés un vain difcours tenu hors la préfence du Juge, par un garçon Perruquier, dont l'occupation journaliere eft de conter, d'amufer les gens oi- fifs, & de fe mocquer des imbécilles ?

Mais ce qui tranche toute difficulté, c'eft que ce garçon Perruquier, cet Efpaillac, a été oui comme témoin dans les informations faites par les Capitouls ; que dans fa dépofition faite à la face de la Juftice , fous la religion du ferment , il n'a rien dit de ce que les trois Freres Tailleurs lui font rapporter , & qu'au contraire il a rendu compte des cris & des lamentations de la famille de Marc-Antoine Calas. Il a été recollé & con- fronté aux Accufés ; ainfi fa dépofition a reçu toute la perfection dont elle étoit fufceptible , & tous les propos qu'on auroit pu lui prêter après cette dépofition, ne peuvent être tirés à aucune conféquence.

A CETTE OCCASION, qu'il foit permis de demander fur quel fondement, d'après les dépofitions des trois Freres Tailleurs, les Capitouls fe
font crus autorifés à prononcer un decret de prife
de corps contre Efpaillac ? Quelle eft la raifon
de cette exceffive rigueur ? L'Ordonnance de
1670, Titre XXV. Article XI. porte bien que
*les Témoins qui depuis le recollement rétracteront
leurs dépofitions, ou les changeront dans les circonftances effentielles, feront pourfuivis & punis comme
faux Témoins ;* mais cette difpofition ne s'entend
que des variations qui pourroient être faites à la
confrontation. A l'égard des propos tenus par un
Témoin en converfation, foit par raillerie, foit
par complaifance, foit par tout autre motif, fi
ce font des menfonges, ce font des menfonges
extrajudiciaires, qui font bien des péchés devant
Dieu, mais qui ne font point des délits fujets à
être punis par la Juftice humaine.

IL DOIT PAROITRE bien fingulier qu'après de
premieres informations faites à la fuite de la publication d'un Monitoire, dans une affaire qui
avoit fait un fi grand éclat à Touloufe & dans
toute la Province, il fe foit encore trouvé des
Témoins pour former une nouvelle information.
Pourquoi ces Témoins ne s'étoient-ils pas préfentés à révélation lors de la premiere publication
du Monitoire ? Que doit-on penfer de leur religion, de leurs fentimens, & par conféquent de
leurs témoignages ?
Le premier de ces nouveaux Témoins, c'eft la
nommée *Marie Lavigne.* Cette femme, dont la
fille a été condamnée au fouet par Arrêt du Parlement de Touloufe, a dépofé qu'elle avoit oui

dire à sa fille que couchant dans la prison avec la Servante du sieur Calas, cette Servante lui avoit dit que Jean-Pierre Calas étoit à plaindre, qu'il n'étoit pour rien dans cette affaire, que le sieur Calas pere & le sieur Lavaysse avoient fait le meurtre.

L'indignation & le mépris sont les sentimens que doit exciter un pareil oui-dire d'une fille condamnée pour crime à la peine du fouet, & par conséquent infame. Aussi n'a-t-on rapporté cette déposition que pour faire voir jusqu'à quel point la calomnie a porté sa fureur contre le sieur Calas ; car à l'égard de la déposition en elle-même, le Parlement l'a envisagée avec le mépris qu'elle méritoit, puisque cette Cour a mis le sieur Lavaysse hors de Cour, quoique, suivant ce oui-dire, il fût l'auteur du meurtre avec Jean Calas pere.

Trois nouveaux Témoins, les sieurs Perès, Noisieres & Gleises, se sont plû à multiplier la déposition du nommé Popis, garçon Passementier. Mais comme ces trois Témoins ne déposent que d'un oui-dire de ce même garçon qui avoit déja été entendu, il est clair que leurs dépositions ne forment aucune preuve.

Observons néanmoins que ces trois Témoins ne s'accordent pas entr'eux. Suivant le sieur Noisieres, il a oui-dire au garçon Passementier, à dix heures ou dix heures un quart, « j'ai entendu une » voix qui crioit, *ah mon Dieu ! ah mon Dieu !* » puis une voix plus foible, comme d'une per- » sonne mourante ». Suivant le sieur Gleises, il a oui dire à neuf heures & demie au même garçon, qu'il avoit entendu crier, *à l'assassin, on m'étrangle.* Quel fond peut-on faire sur de pareils témoignages ?

Mais d'ailleurs, quelle abfurdité que *cette voix plus foible & comme d'une perfonne mourante !* Ne diroit-on pas qu'un homme qu'on étrangle ne meurt que peu-à-peu, & que fa voix diminue par degrés ? Il eft évident au contraire, & tous les gens de l'Art font en état de l'attefter, qu'un homme dont la gorge eft ferrée par une corde, perd fubitement, non-feulement la voix, mais encore toute efpece de fentiment. Si donc par *cette voix plus foible & comme d'une perfonne mourante,* on a voulu donner à entendre que Marc-Antoine Calas avoit été étranglé par fa famille, c'eft une groffiere impofture, dont l'abfurdité frappera tous les efprits.

Le fieur Perès, Commis de la veuve Peyronnet, a dit « qu'ayant regardé par une fente
» de la fermeture de la boutique, il entendit la
» dame Calas qui pleuroit, & qui ceffa bientôt ;
» & qu'il vit le fieur Calas pere dans la boutique,
» tenant une chandelle & fe promenant tranquil-
» lement ».

Quoique cette dépofition ne préfente rien dé concluant, on y voit cependant une grande malignité, ou au moins une grande imprudence. Voici une preuve bien convaincante que ce témoignage eft indigne de foi.

Le fieur Perès, qui dépofe fi affirmativement avoir vû le fieur Calas pere fe promenant dans fa boutique *tranquillement ;* le fieur Perès interrogé s'il connoît le fieur Calas pere, a répondu qu'il ne le connoît pas. Comment donc a-t-il connu que c'étoit lui qui fe promenoit dans fa boutique ?

Mais du moins, a-t-on dit au fieur Perès, comment étoit habillé celui que vous avez vû fe promenant dans ſa boutique ? *A-peu-près comme à-présent*, répond le ſieur Perès. Or c'eſt un fait conſtant qu'alors le ſieur Calas pere n'avoit point d'habit, mais qu'il étoit vêtu d'une robe de chambre verte. Les Accuſés ont invoqué ſur ce fait les témoignages de tous ceux qui ſont entrés dans la maiſon lorſque la mort de Marc-Antoine Calas fut découverte.

Ce n'étoit pas encore aſſez, on eſt allé juſqu'à la fermeture de la boutique ; elle a été exactement viſitée : il a été vérifié qu'il n'y exiſte aucune fente par laquelle la vûe puiſſe s'introduire & diſtinguer les objets.

Voilà donc le ſieur Perès convaincu d'un faux témoignage, ou au moins d'une imprudence inexcuſable. Qu'on juge par ce trait, du degré de confiance que méritent les autres Témoins.

DANS la même nouvelle Information, deux Témoins ſe ſont préſentés pour enlever aux Accuſés l'avantage qu'ils avoient tiré juſqu'alors du fait certain & inconteſtable qu'il ne s'eſt trouvé aucune meurtriſſure ſur le corps de Marc-Antoine Calas.

Ces deux Témoins ſont le nommé *Pagès*, Praticien, & le nommé *Lambrigot* fils, Soldat de l'Hôtel-de-Ville. « J'entrai, dit Pagès, dans la » Chambre de la torture ; il y avoit un Chirur- » gien, un garçon Chirurgien, & trois Soldats, » les nommés Eſtebé & Lambrigot fils. Je diſtin- » guai l'empreinte d'une corde *qui faiſoit le tour* » *du col*, une égratignure ſur le côté du nez, trois » ſur le crâne : toutes étoient comme *fraîches* ; & » ſur la poitrine une tache noire *de la grandeur* » *de la main*. Le Chirurgien, que j'interrogeai,

» me dit que c'étoit la marque d'un coup qu'on
» avoit donné au cadavre pour l'achever plû-
» tôt ».

Le nommé Lambrigot parle de cette même tache & des mêmes égratignures ; mais, fuivant
lui, les égratignures étoient *féches*, & la prétendue tache noire fur la poitrine n'étoit grande que
comme une piece de vingt quatre fols. Contradictions
frappantes, & qui démontrent clairement la fauf-
feté de ces dépofitions.

Mais quoi ! fuivant ces deux Témoins, **il y**
avoit dans la Chambre de la torture *un Chirurgien*
& *un garçon Chirurgien ;* & ce font deux autres
Particuliers, un Praticien & un Soldat, qu'on appelle pour dépofer de l'état du cadavre ! Certainement fi quelqu'un devoit être appellé en témoignage fur un fait de cette nature, c'étoient
les gens de l'Art, & non pas deux hommes abfolument incapables de juger de pareils objets.

Le Chirurgien, dit le fieur Pagès, lui a dit que
la tache noire, grande *comme la main*, fuivant
lui, & fuivant l'autre, grande *comme une piece de*
vingt-quatre fols, étoit la marque du coup qu'on
avoit donné au cadavre pour l'achever plûtôt.
Voilà un propos bien indifcret de la part de ce
Chirurgien : mais non, ce propos eft faux ; car
s'il étoit vrai, le Chirurgien auroit été affigné
pour dépofer dans l'Information ; il auroit été
confronté aux Accufés, & ces derniers n'auroient
pas eu de peine à confondre une fi noire cálomnie.

Chofe étrange, qu'on prétende faire valoir
contre les Accufés la dépofition d'un Praticien &
d'un Soldat, tandis que le Médecin & les Chirurgiens qui vifiterent le cadavre le 13 Octobre, ont
déclaré formellement, d'un côté, que l'empreinte

de la corde n'occupoit que *la partie antérieure du col*; & de l'autre, qu'à l'exception de l'égratignure sur le nez, il ne se trouvoit ni équimose, ni meurtrissure dans aucune partie du corps de Marc-Antoine Calas.

Mais indépendamment du rapport de ces Médecin & Chirurgiens, qu'a dit le sieur *Gorce*, garçon Chirurgien, qui le premier fit la visite du cadavre de Marc-Antoine Calas? Il a été entendu dans les Informations, & l'on assure que son témoignage est le même que le rapport du Médecin & des deux Chirurgiens.

Le même fait est prouvé par le rapport même du sieur Lamarque, Chirurgien, puisqu'il a déclaré qu'il n'y avoit rien à ajouter, pour l'extérieur du corps, à ce qui étoit contenu dans le précédent rapport; & par conséquent qu'il ne s'y trouvoit aucune meurtrissure, aucune contusion.

Quant à l'égratignure sur le nez, c'est une minucie qui peut avoir été occasionnée par quelque accident, lors du transport du cadavre à l'Hôtel-de-Ville. Une égragniture ne prouve pas un combat & une résistance aussi opiniâtre que l'auroit été celle de Marc-Antoine Calas, s'il avoit été pendu de force.

Au surplus, veut-on supposer (ce qui n'est pas) qu'il se soit trouvé effectivement une tache noire sur la poitrine de Marc-Antoine Calas? qu'en pourroit-on conclure? Cette prétendue tache auroit pu avoir été occasionnée, soit par quelque coup de fleuret que Marc-Antoine Calas auroit reçu dans une Salle d'armes, dont il fréquentoit assiduement les exercices; soit par quelque bale qui l'auroit frappé au Jeu de Paulme, où il avoit passé une grande partie du jour qu'il est mort.   OBSERVATIONS

OBSERVATIONS GÉNÉRALES.

Sur la Procédure criminelle faite contre la Famille de Marc-Antoine Calas.

On a vû qu'il n'y a point eu de corps de délit conftaté, puifque les Capitouls ont négligé de dreffer Procès-verbal de l'état du cadavre, des lieux & des circonftances de la mort de Marc-Antoine Calas, de la maniere dont il étoit mort, & des inftrumens qui lui avoient donné la mort; de fes hardes, habits, & fur-tout de fes livres & papiers. D'un autre côté, la vifite du cadavre faite à deux reprifes différentes, d'abord par un Médecin & deux Chirurgiens, enfuite par un feul Chirurgien, cette vifite eft nulle & irréguliere ; & quand elle pourroit fubfifter, elle n'eft point fuffifante pour donner les lumieres néceffaires fur une affaire de cette nature, dans laquelle il n'y a d'autres Témoins que les cinq perfonnes qui étoient dans la maifon, & qui ont été réduites à l'état d'Accufés.

Ainfi tout ce que l'on fçait juridiquement dans cette Affaire, c'eft que Marc-Antoine Calas eft mort. A l'égard des caufes & des circonftances de fa mort, il eft vrai de dire qu'à l'exception des quatre Accufés qui reftent, aucun autre ne peut prétendre en être inftruit, quoique les Capitouls ayent ofé le béatifier comme un martyr de la Religion Catholique.

Quant aux Témoins, on prétend qu'il en a été entendu plus de cent cinquante ; mais que réfulte-t-il de leurs dépofitions ? des oui-dire, des conjectures, des vifions, & quelques calomnies fur la conduite de Jean Calas envers fes enfans, avant

I

le funeste événement du 13 Octobre. On se flate
d'avoir démontré le faux & l'illusion de ces dépositions. Eh ! que n'est-il permis de faire parler
ici tous ceux qui ont connu particulierement ce
pere infortuné, ce pere, le plus malheureux de
tous les hommes ; ils attesteroient hautement
qu'il fut un digne citoyen, irréprochable dans sa
conduite, d'une probité sévere, doux, humain,
compatissant ; & que s'il eut quelque défaut, ce
fut peut-être un excès de tendresse & de facilité
pour ses enfans. Quel sort pour un tel pere ! A-t-
on pu entendre le récit de ses malheurs sans at-
tendrissement & en même tems sans frayeur ?

Mais enfin de quelque maniere qu'on veuille
envisager les dépositions des Témoins, ce seroit
beaucoup que de les regarder comme des indices ;
car quand bien même Marc-Antoine Calas auroit
été près d'abjurer la Religion Protestante ; quand
bien même il auroit éprouvé quelques menaces
ou quelques châtimens de la part de son pere ;
quand bien même Louis Calas se seroit attiré
quelques mortifications au sujet des circonstances
qui ont accompagné sa conversion ; quand bien
même il y auroit eu impossibilité que Marc-Antoine Calas se fût pendu lui-même ; enfin quand
il seroit vrai qu'il auroit été trouvé des égratignures & des meurtrissures sur son corps, que
pourroit-on conclure de tous ces faits, en les supposant aussi vrais qu'ils sont faux ? Certainement
personne n'osera soutenir qu'il s'ensuive nécessairement que Jean Calas ait assassiné son fils. Donc
puisqu'il seroit téméraire d'en conclure que ce
malheureux pere fût coupable d'un si grand crime,
il s'ensuit qu'en donnant à ces différens faits toute
la vérité & l'autorité qui leur manquent, ce ne
seroient tout au plus que des indices.

Eſt-il permis de condamner un Citoyen ſur de ſimples indices, & ſur des indices auſſi foibles ? Une loi bien reſpéctable devoit arrêter les Juges, & les empêcher de prononcer une condamnation auſſi rigoureuſe & en même tems auſſi injuſte.

Cette loi eſt tirée des Capitulaires de Charlemagne, ces Ordonnances ſi célebres faites dans les Aſſemblées générales de la Nation, & qui ne tirent pas moins de force de la profonde ſageſſe qui les a dictées, que de l'autorité du Souverain, & de la Nation qui leur a imprimé le caractere de Loix.

Voici les termes d'un de ces Capitulaires (a), ſuivant la traduction de Danty, qui ne peut pas atteindre à la beauté de l'original.

« Qu'un Juge ne condamne jamais qui que ce
» ſoit, ſans être ſûr de la juſtice de ſon Jugement.
» Qu'il ne décide jamais de la vie des hommes
» par des préſomptions. Qu'il voye la preuve
» claire, & après cela qu'il juge. Ce n'eſt pas
» celui qui eſt accuſé qu'il faut conſidérer comme
» coupable, c'eſt celui qui eſt convaincu. Il n'y
» a rien de ſi dangereux ni de ſi injuſte au monde,
» que de haſarder à juger ſur des conjectures.
» Toutes ces ſortes d'affaires où la preuve con-
» ſiſte en indices & ne va qu'à former un doute,
» doivent être reſervées au ſouverain Jugement
» de Dieu ; & les hommes doivent ſçavoir que
» toutes fois & quantes qu'il n'a pas voulu leur

(a) Nullus quemquam ante juſtum judicium damnet, nullum ſuſpicionis arbitrio judicet. Prius quidem probet & ſic judicet ; NON ENIM QUI ACCUSATUR, SED QUI CONVINCITUR, REUS EST. Peſſimum namque & periculoſum eſt quemquam de ſuſpicione judicare. In ambiguis Dei judicio reſervetur ſententia. Quod certe agnoſcunt, ſuo, quod neſciunt, divino reſervent judicio, quoniam non poteſt humano condemnari examine quem Deus ſuo judicio reſervavit. Cap. Car. Mag. lib. 7. c. 286.

I ij

» donner le parfait éclaircissement d'un crime,
» c'est une marque qu'il n'a pas voulu les en faire
» Juges, & qu'il en a réservé la décision à son
» Tribunal ».

Suivant l'Ordonnance Criminelle du mois
d'Août 1670, la condamnation la plus sévere
qu'un Juge puisse prononcer, lorsqu'il n'y a point
de preuve complette, est celle de la question.
S'il y a preuve considérable (porte l'Article premier du Titre XIX.) *contre l'Accusé d'un crime
qui mérite peine afflictive ET QUI SOIT CONS-
TANT, tous Juges pourront ordonner qu'il sera appliqué à la question, au cas que la preuve ne soit pas
suffisante.* Mais pour cela il faut qu'il y ait preuve
considérable, c'est-à-dire des indices très-forts &
très-pressans, qu'on appelle *présomptions violentes,*
comme si un homme sort de la maison de son ennemi l'épée nue & sanglante, & que cet ennemi
s'y trouve assassiné à coups d'épée ; & il faut sur-
tout que le crime *soit constant.* Le Conseil jugera
aisément si les prétendus indices contre Jean Calas étoient tels que les exige l'Ordonnance, & il
n'aura pas de peine à se convaincre que le délit
n'étoit pas constant, puisque jamais le corps du
délit n'a été constaté ; cependant Jean Calas a été
condamné, non pas seulement à la question, mais
au supplice le plus cruel.

Qu'il soit permis d'ajouter, avec l'Auteur de
l'Esprit des Loix *, qu'il faut se méfier encore plus
des indices dans la poursuite des crimes où la Religion se trouve mêlée. En effet, qui voudroit
juger son ennemi sur des indices ? il craindroit
que son cœur ne lui fît illusion ; que la force que
ces indices lui paroîtroient avoir, ne fût prise
dans son cœur : or souvent celui dans la Cause de

* Livre 12.
ch. 5.

qui la Religion se trouve mêlée, est plus que votre ennemi; il est ennemi d'une Religion & d'un culte qui vous sont plus chers que vous-même. L'homme le plus droit ne sçauroit trop être en garde contre l'impression profonde & terrible que font dans l'esprit ces mots d'ailleurs si justes & si saints, *il faut venger Dieu*, *il faut venger la Religion*.

Enfin, supposons qu'il y eût en effet des indices contre Jean Calas, combien n'y en avoit-il pas d'autres qui démontroient son innocence? Sa qualité de père, les preuves multipliées que Marc-Antoine Calas ne s'est jamais converti; le fait certain que le sieur Lavaysse, arrivé de la veille à Toulouse, a été invité par hasard à souper chez lui, & qu'il y a soupé en effet le jour de la mort de Marc Antoine Calas; la Catholicité de la Servante, & l'impossibilité de croire qu'elle eût contribué à un si grand crime; la conduite sage & modérée de Jean Calas envers Louis son troisieme fils, lors de sa conversion; le fait incontestable qu'après la mort de Marc-Antoine Calas on n'a trouvé sur son corps aucune meurtrissure, aucune trace de résistance ni de combat; son habit plié à côté de lui; mille autres circonstances qu'il seroit trop long de répéter ici, ne démontroient-elles pas avec la plus grande évidence qu'il étoit impossible que ses parens l'eussent assassiné en haine de sa prétendue conversion?

La famille du sieur Calas ne se dissimule pas que l'objection la plus considérable que lui feront ses Juges & le Public, c'est qu'il n'est pas possible de se persuader que sur de si foibles indices un pere ait été condamné comme coupable d'un si

Réflexion importante.

I iij

grand crime. Peut-être sera-t-elle encore assez malheureuse pour qu'on la soupçonne d'avoir caché quelques faits importans qui auroient pu autoriser un Tribunal toujours respectable, à prononcer une condamnation aussi sanglante.

Il n'est pas au pouvoir de cette malheureuse famille de prévenir un pareil soupçon, elle sçait très-bien que sa seule assertion ne suffit pas ; mais elle supplie très-humblement le Conseil d'ordonner l'apport de la Procédure. Elle se flate que non seulement on y trouvera la vérité de tous les faits avancés dans le présent Mémoire, mais encore que le Conseil y verra d'un côté beaucoup d'irrégularités, de l'autre beaucoup de faits qui devoient opérer la justification de Jean Calas, & qu'on n'a pas voulu articuler dans ce Mémoire, parce qu'on n'en étoit pas suffisamment instruit.

AU RESTE, Jean Calas est-il donc le premier innocent qui ait été condamné ? L'expérience, sépérieure à tous les raisonnemens, fait connoître par trop de tristes exemples combien il est dangereux de prononcer une condamnation sur des indices. Lebrun perd la vie sur des indices: Langlade meurt aux galeres, condamné aussi sur des indices. Mais rien n'est plus capable d'inspirer la terreur, que l'exemple rapporté par Charondas, Livre I X. de ses Réponses, Rép. premiere. Un mari maltraite sa femme pendant la nuit, des voisins l'entendent crier *au meurtre*. On entre le lendemain dans cette maison, on voit du sang versé, le mari éperdu, le four fumant encore, & la femme ne paroît point. Le mari arrêté, avoue à à la question qu'il a fait expirer sa femme dans ce

four : le premier Juge le condamne à mort. Le
Parlement de Paris, où l'appel fut porté, étoit
aux opinions, & malgré la force des préfomptions il pafloit à ordonner un Interlocutoire. Dans
ces circonftances la femme reparoît pleine de
vie, elle avoit fui avec un amant.

Si dans les circonftances où fe trouvoit le mari,
le Parlement eût confirmé la Sentence du premier
Juge, qui le condamnoit à mort, qui auroit ofé
taxer un pareil Arrêt d'injuftice ? Cependant l'é-
venement démontra que c'auroit été condamner
un innocent. Comment ofer, après cet exemple,
ftatuer fur des indices ?

Infortuné Calas ! vous fournirez un nouvel
exemple à la poftérité d'un innocent condamné,
non fur des indices, car il n'y en eut jamais de
véritables contre vous, mais fur une foule de dépofitions, ou plûtôt de faux témoignages dictés
par le fanatifme, dont le funefte affemblage a
formé la foudre qui vous a écrafé. Triftes & fa-
tales divifions ! jufqu'à quand vos fureurs exer-
ceront-elles encore leur empire parmi nous ?

C'eft à la fageffe du Confeil du Roi qu'il appartient de détruire à jamais cet horrible préjugé qui
caufa tant de maux dans la France, & qui, près
d'expirer, a cherché par un nouvel effort à fe re-
produire dans la funefte Affaire dont il s'agit.
Epoufe & Mere défolée, Enfans malheureux !
votre défaftre eft au comble, votre perte eft irréparable, mais il vous refte l'honneur. Tous
ceux qui font inftruits des faits, vous rendent
d'avance la juftice qui vous eft dûe ; & la Décifion que vous follicitez aux pieds du Trône,
achevera de vous rendre, par un Arrêt authen-

tique, l'honneur civil, ce bien ſi précieux, le ſeul qui vous reſte maintenant à deſirer.

Signé, ANNE-ROSE CABIBEL-CALAS.

BUREAU DES CASSATIONS.

Monſieur **THIROUX DE CROSNE**, *Maître des Requêtes, Rapporteur.*

Mᵉ **MARIETTE**, Avocat.

De l'Imprimerie de LE BRETON, Imprimeur ordinaire du ROI. 1762.

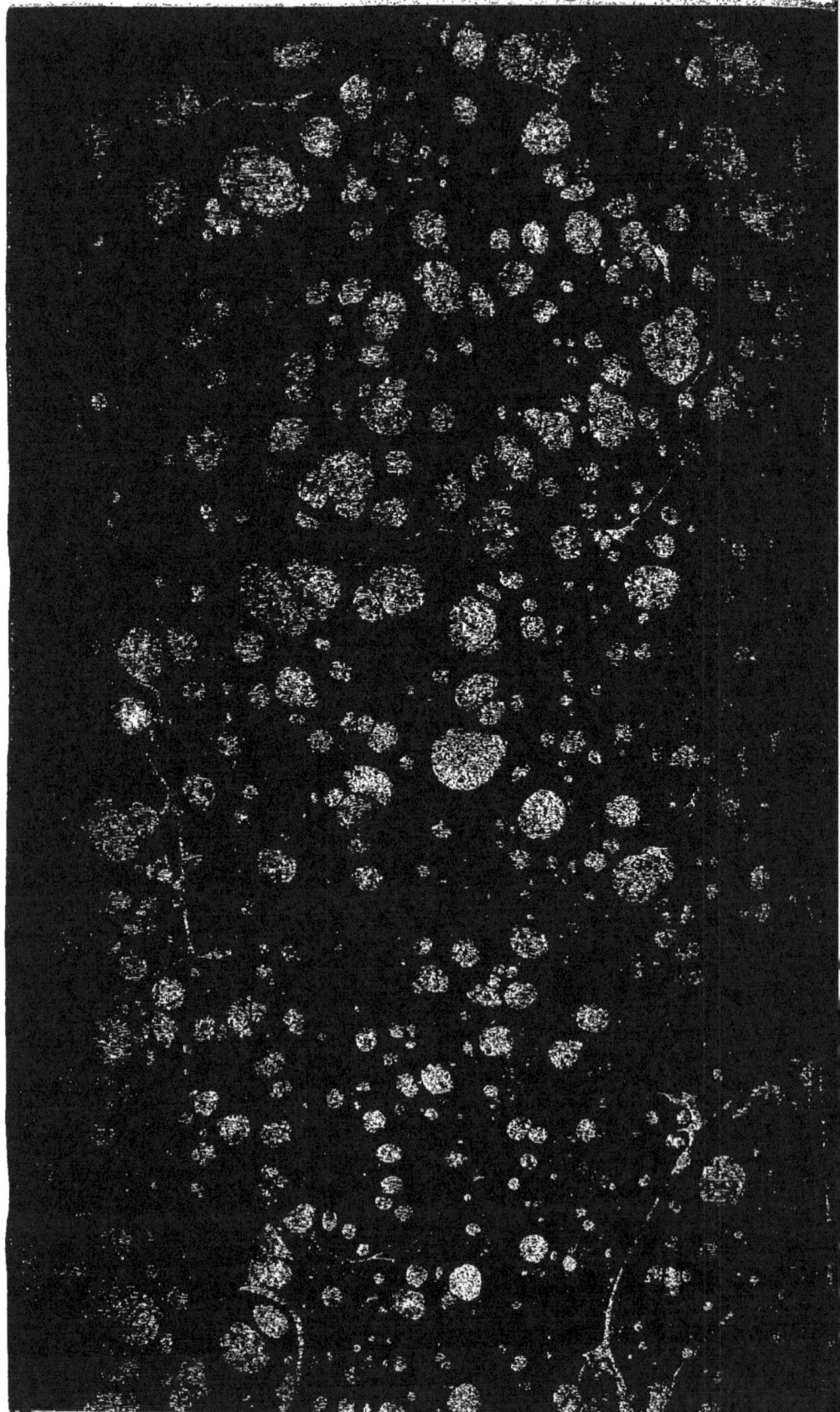

www.ingramcontent.com/pod-product-compliance
Lightning Source LLC
Chambersburg PA
CBHW070802280626
47162CB00016B/1600